文芸社セレクション

# 人生は芝居の如し

千葉 実



文芸社

# 目次

# 異様な光景

課題「マスク」２０１４年４月

それは異様で奇妙な光景だった。電車に乗って目にしたのは、乗客のほぼ三人に一人がマスクをして静かに座席に座っていたからだ。こんなに多くの人がマスクをしていて不気味に感じた。電車を降りて町を行きかう人を注意して見てみると、これまたマスクをしている人が意外と多い。今日老人ホームに母の慰問に出かけたが、受付の人に外来者はマスクをしてくださいと言われ10円払って購入した。会社の会議でマスクをしたまま発言する人がいるが失礼ではないかと前から感じている。

ではなぜ日本人はこうもマスクを愛用するのであろうか。有害物質を吸入しないようにするためや病原菌や唾液の飛沫を飛散させないようにするためであろう。また冬の乾燥期に喉の湿度を保ち喉を保護したり、顔を隠したいという理由もあるらしい。私自身はマスクをするのは嫌いでほとんどしない。欧米でも普段マスクをしているのを見たことはない。そういう習慣がない彼らからすると私以上にこの電車の中の光景は不思議に映るのではないかと思われる。

最近深刻になっているのは恐らく花粉症の問題ではないだろうか。多くの人がかかっていて辛そうであるが、私はまだ発症してないから半人前だといわれるくらいである。欧米でもヘイフィーバーと言って春先にクシャミしている人は見かけるがマスク姿は見かけない。日本人はどうも清潔すぎるのではないかというのが私の持論である。子どもたちは親のケアが行き届いて感染症にかかる度合いは減ったが免疫を獲得する機会を失っているのではないだろうか。我々が子供のころは野山を駆け巡り、擦り傷だらけで遊んでいたがアレルギーなんて言葉は聞かなかった。日本人が豊かになって清潔好きになってからアレルギー疾患が増えてきたような印象を持っている。

日本人が風邪をひいたときに他人に移してはいけないとの配慮からマスクをするのはエチケット感覚である。日本のオフィス環境はあまりよくない。個室はほとんどなくて、パーティションもなく机と机がくっついて座っているのでそのようなエチケット感覚が醸成されたのではないか。欧米では風邪をひいたらシックリーブという休暇をとって会社には来ないから問題にならない。

これから先はどうだろうか。日本人の清潔好みはますます磨きがかかるだろうし、住宅環境や職場環境もすぐには改善しないからマスクはますます多用されるのではないかと、マスク嫌いの私は予想している。あの衛生マスクは有害物質に対してあまり効果はないと言われているにもかかわらずである。

# パブの思い出

課題「居酒屋」２０１４年5月

イギリスで酒を飲むときはパブに行くことが多かった。どこにでもあるし安いのが理由である。日本の居酒屋は江戸時代にできたようだ。酒屋で酒を飲むことを「居続けてのむ」ことから居酒といい、そういう酒屋を居酒屋と呼んだ。ツマミも無く立って酒を飲むような庶民的酒場のことだから現在の英国のパブはまさに居酒屋的である。

パブの歴史は古く昔は簡易宿泊所や雑貨屋も兼ねていた。今のようなスタイルになったのは19世紀でPublic Houseと呼ばれパブとなった。酒の販売、居酒屋のサービスもあり、社交場でもある。どこのパブでも多くの人が飲むのはラガーかビターというビールである。前者は普通我々が飲んでいるビールに似ている。後者はいわゆる黒ビールに近い。両方ともあまり冷えてないので最初はとっつきにくい。食べるものは簡単なものしかなく、あまり食べている人はいない。ひたすら話をしながら飲むが、一人ずつ他の人の分も買って順番に奢りあう習慣が今でもある。a roundと呼んでいた。日本でいう中ジョッキに入る分量を一パイント（５６８cc）マグカップで飲む。なにしろイギリス人はよくビールを飲むが、一人当たり消費量は日本のほぼ倍である。

都会のパブはサラリーマンや一般大衆が飲みに行くが、昼食を兼ねていくこともあり、簡単な食事を出してくれる所がある。同じ職場の女性とはよく金曜日のランチにいったがまあよく飲む。ビールにワインを数本のんで皆平気な顔してオフィスに戻るからたいしたものだと感心した。私は真っ赤な顔してコーヒーを何倍も飲んで午後を耐えたものだ。男性同士で行くとクイックにビールを飲むだけであまり食べない。流動食と呼んでいた。大手銀行のある部門にいた時は5時きっかりに仕事を終えて時間を計ったように一時間パブで酒をのんで家路につくという健康的な日々を過ごしていた。私は郊外の下宿に帰ると食事をして8時ころからまたアイルランド系の親父とパブに行き近所の連中に紹介されながらラウンドを重ねていた。パブはその町や村の社交場であり、コミュニケーションの場所なのだ。日本には会社単位で過ごすそのような場所は多くあるが住んでいる町にはそのような場所はあまりない。ところでアイリッシュは酒好きで知られている。アイリッシュの結婚式と葬式の違いはなにか？というジョークがあって、答えは葬式のほうが酔っ払いの数が一人少ないというものである。

小さな村に行くと古くからある小さなパブが必ずあった。私が郊外の英語学校に通ったときも楽しみは生徒達とパブで飲むことだったが、宿題があるので長くは居られなかった。そのなかに私の先輩で昔から酒、特にビールが好きな人がいた。この人は毎日一人でもパブに通い5パイント以上は飲んでいたらしい。学校でも有名な話になったが、顔はいつもどす黒く、太っており病的であった。後日この人は欧州の留学を経て日本に帰ったが間もなく肝臓病で亡くなったと聞いた。私は当地の銀行を去るとき朝の10時頃、挨拶がわりにビールを配ったが皆すぐに飲みだした。私も乾杯をした。

# 40年後の墓参り

課題「半袖」２０１４年６月　１３８５字

そろそろ半袖のシャツが欲しくなって衣替えの支度をしていると、ここ数年思い出す話がある。４年ほど前のお盆の少し前、友人の長谷川に電話がかかってきた。それは大学時代の知り合いで伊勢子という女性からだった。電話番号は誰かから聞いたらしいが、彼女は唐突に彼の親友だった悟の墓の場所を聞いてきた。

私が長谷川から聞き出した話は以下の内容だった。伊勢子は第二外国語にフランス語を選択し、悟も同じクラスにいてゼミも一緒だった。悟は山岳部で長谷川と親しくなった。彼は伊勢子と同じく孤独が好きなタイプで頭がよく成績も上位だったから大手新聞社にすんなりと就職した。伊勢子もおとなしい性格から男子生徒と異性としての付き合いはほとんどなかったが、悟とは相性が良かったのか、文通したり、相談事があれば会ったりしていた。実際伊勢子は悟に興味以上の好意をもっていたようであったが、それ以上の事が二人の間にあったかどうかまでは悟からも聞いていなかった。いずれにしても二人の間柄は秘められた関係であった。

二人が就職して一年ほど経った時、悟は春山登山で雪崩に会って死んでしまった。伊勢子はなぜか葬式には行かなかったが、翌年別の友人からお盆が来るので一緒に名古屋へ悟の墓参りに行こうという誘いがありそれにのった。伊勢子は悟の両親と会っていろいろ話を聞くとともに、悟との生前の付き合いの事も話したら、悟も彼女の名前を時々だして話をしていたとのことだった。その時に伊勢子は何か悟の事を思い出す記念になるものがあったら欲しいということを告げた。しばらくして自宅に白木の位牌が送られてきた。戒名も何も書かれていない仮位牌であった。伊勢子は卒業後大手電機メーカーに就職し二年後には職場結婚をした。その後夫の関係でアメリカのオレゴン州に渡った。そこで二人の子供に恵まれたが、亭主が脱サラで事業を起こしたためそれ以来ずっと彼の地で暮らし日本に帰国することはほとんどなかった。伊勢子は渡米する時に仮位牌を持って行き、悟の両親からの手紙と仮位牌を40年間ずっと大切に保管していた。この事は夫にも秘し自分の胸に抱き続けてきたのである。

今回伊勢子の母親が存命で具合が悪くなったため帰国した。彼女の夫の仕事も順調で家族も幸せなアメリカ生活を送っているが、40年ぶりに日本の地を踏んでみると、急に自分は日本人でありこの国が懐かしくも切なく感じた。あのころの学生生活や会社の事がフラッシュバックのように頭のなかでぐるぐる廻ってくるのだ。伊勢子は青春の思い出とともに悟のことを思い出し、長谷川に電話したのだった。伊勢子の突然の電話に対し、長谷川は悟の墓と寺の場所をしらべて連絡する旨を告げ電話を切った。

長谷川の話はここで終わったが、この話を聞いていくつかの思いが私の頭をよぎった。伊勢子は40年ぶりの悟の墓前で一体何を言うのであろうか。今回彼女はあの仮位牌を持ってきたらしいが、それを寺に返すのであろうか。久しぶりに踏む故国の夏の風景、かつての恋人との思い出、伊勢子は位牌を持ってきたことで、これらすべてのものとの別れを告げにきたのではないだろうか。そして家族とともにアメリカを第二の故郷とする覚悟をしたのではないか。

さまざまな思いに彩られた、暑いお盆がやってくる。

# 深川の雪

課題「カフェ」２０１４年7月

薄暗い美術館の展示室正面にあった。あの喜多川歌麿の雪月花三部作の一つである「深川の雪」が燦然と輝いて私の目の前にある。縦約2メートル、横3・4メートルの浮世絵は未だかつて見たことがなかった。深川の料亭の座敷や廊下に27人の芸者や料理を運ぶ女性が生き生きと描かれ、さまざまな姿態の女性が身振りや表情まで見事に表現されている。２００年も経つのに色彩は鮮やかで、肉筆画のタッチはまるで古さを感じさせず西洋絵画をみているような気さえして、私は唸るようにして長いこと見とれていた。

喜多川歌麿晩年の三部作の他2点（品川の月、吉原の花）は現在米国の美術館にあり門外不出となっている。この絵は１８００年ころ制作された後、明治中期にはパリの画商に売られたが昭和14年に日本人画商により帰国した。昭和23年に銀座松坂屋の展覧会に出てから所在不明となっていたものである。今回突如発見されたが所有者が誰かは明らかにされていない。

浮世絵は錦絵とも呼ばれ江戸時代の風俗画を意味する。歌麿の美人画は鈴木春信とともに人気があったが、当時は松平定信の寛政の改革のあった頃で、朱子学者でもあった定信からすれば浮世絵なぞは華美で堕落したものだったらしく何度も禁止令が出されている。歌麿と親しかった版元の蔦谷重三郎は資産の半分を没収されることになったり、歌麿も醍醐の花見を描いたとき将軍家を揶揄したとして、捕縛され「手鎖50日」の刑が科せられた。

歌麿は遊女、花魁などの美人画を描いたが、浮世絵では初めての大首絵を描き、美人の顔の表情や、美貌、そして内面さえも表現したと言われた。また茶屋の娘も好んで描いた。

江戸時代の一般的な茶屋は休憩所であり、茶や菓子を提供する飲食店であった。水茶屋と呼ばれる茶屋は道端や社寺の境内で繁盛した。特に浅草観音境内での傳法院にあった二十軒茶屋が有名である。同じ時代に西洋でもコーヒーを飲ませる飲食店のカフェができたがここでは休憩するだけでなく文人、画家達が議論したり、情報交換したりしていたらしい。

カフェでも女性の給仕がいたと思うが、茶屋にも給仕の女性が現れ、中には美人もいたから浮世絵師の格好のモデルとなった。歌麿は三人美人娘と言われる、おせん、およし、お藤などを描いた。そのおかげで彼女らを一目みたいというので茶店は大いにはやったが、騒動も起きて定信は激怒して娘の名前を入れるのを禁じたほどである。三人の美人画はさしずめブロマイドであり、なかには関連グッズも現れアイドルの元祖ではないかと思っている。

歌麿は幕府による締め付けが厳しくなってきたため、自由な創作ができなくなって狂歌仲間の栃木の豪商善野家に身をよせ、庇護のもとに浮世絵を描き続け、あの三部作を10年がかりで完成させた。

浮世絵が大衆文化として多くの人に広まったのは江戸時代になってからである。その理由を考えてみると、第一に江戸時代後半は、政治的に安定していて経済水準も向上することで庶民の生活が豊かになり、娯楽や旅行を楽しむ余裕ができたこと。また地方にも豪商など経済的に力をもった人達が現れ芸術家のパトロンとして庇護したこと。

第二に木版画の技法、作成工程の分業（下絵師、彫師、刷り師）などの進歩により大量に制作が可能になったこと、そして最後に制作に携わった人たちが幕府などの公的権力の圧力に屈せず努力したことなどがあるのではないだろうか。19世紀後半には浮世絵は海外の芸術家に影響を与えた。構図の奇抜さ、表情豊かな線、シンプルな色彩、自由な発想の図柄など浮世絵の特徴は印象派の画家に強い影響を与えた。

ジャパニスムの動きが起こると浮世絵の多くは海外に流失したが、江戸の庶民文化が海外から高い評価を受けたことは誇らしく感じられる。

# 狙われたニューヨークのランドマーク

課題「汗」２０１４年８月

１９９３年2月26日、午後12時17分の事だった。

私はワンワールドトレードセンターの50階の執務室にいた。眼下には自由の女神を見下ろす高層ビルの真ん中あたりになる。金曜日のお昼どきなので従業員の一部は既に昼食に出かけていた。私はロンドンの子会社社長からデリバティブのマーケットについて電話で報告を受けていた。突然ドーンとにぶい音がして椅子の下から突き上げられたような感じがした。電気が消えて、電話も切れた。ビル内の放送もない。一体何が起こったのか誰も知らなかった。ものの10分もしないうちに黒い煙が室内に入ってきて、ただ事ではないなと感じた。社員達も皆不安そうであったが、私は避難指示を出し非常階段を降りて避難を開始した。階段は上のほうからも大勢の人が下りてきたが、口にハンカチなどをあてていた。この煙は下のほうで火災が発生したからではないか、無事に下まで到達できるのかとの不安が私の頭をよぎった。避難している人は皆黙り込んで冷静さを保っているようにみえた。一部の人はパニックになって窓ガラスを割ったり、騒いだりしたらしいと後で分かった。停電による暗闇が私たちの不安を増長させ、煙が下にいくほど濃くなってきて呼吸が少し苦しくなってきた。それにしても50階のビルから下りるのは予想以上に大変だった。足の筋肉がこわばって痛くなり顔は煤で黒く、身体は不安な気持ちからだろうか汗ばんでいた。

どの位時間が経ったのだろうか、10階まで来た時下から声がして消防士が数人上がってくるのが見えた。私は大声で「助かった」と叫びたくなる気持ちを抑えていたが、皆安堵の気持ちを隠すことはできなかった。２時間かかってビルの一階に着き外に出た。

早速従業員の安否を調査したがエレベーターに閉じ込められた人もいたが皆無事であった。私は日本の本部に事故の顛末と社員の無事を報告し早速仮オフィスの確保に奔走した。

この事件はイスラム原理主義のテロ組織による爆破事件であった。主犯格のラムジ・ユセフという男が車に６００キロの混合爆弾を乗せビルの地下駐車場で爆発させた。４階にわたり30ｍのコンクリートに穴が開いた。６人が死亡し１０００人が負傷したといわれる。吹き抜け階段を通じ93階にまで煙は達した。この事件はマンハッタンの象徴的ビルが爆破されたということで、被害は大きくなかったがショックは大きかった。

恐怖がトラウマとなって会社を辞めた人間も数人いたのはやむを得ないことだった。ワールドトレードセンタービルが数か月後再開したが、テナントのなかには他のビルに移った会社も多くあった。このビルはテロのターゲットになっていると私は思っていたので、私は反対したが東京本部は居残りを決断した。賃料が安いことが理由だが、それから8年後このビルが再び狙われ崩壊したことを当時の本部の人達はどう感じたであろうか。

私は2003年にまたニューヨーク勤務をしたが、あのグラウンド・ゼロの前に立つたびに当時のことが思い出され、亡くなった多くの友人のことが思い浮かんで胸が締め付けられる思いだった。

# 愛しのジョニー

課題「コスモス」２０１４年10月

今年も横須賀の久里浜花の国ではコスモスが満開になったというニュースが伝わってくると、私の胸はあの時の思い出がよみがえって苦しくなってくる。

１９９０年代はじめに私はアメリカに赴任になり、子供たちを連れていった。息子は中学三年、娘は中学一年だった。子供たちは現地の学校に通いだしたが、言葉のハンディがあり勉強に苦労している様子だった。子供たちの気持ちを少しでも和らげようと犬を飼うことにした。犬種はイングリッシュコッカスパニエルで、茶色で耳が長く垂れ下がっているのが特徴である。名前はジョニーにしたが、ジョニーは実に愛くるしく、ひょうきんで家族の人気者になった。子供たちは学校でストレスが溜まっていたが、家に帰りジョニーと遊ぶのが楽しみになり気持ちがほぐれてきたようだった。ジョニーのしつけは英語で教えられた。子供たちの英語も上達してきて、兄妹げんかも、ジョニーとの会話も英語になってきた。

それから4年が過ぎ日本に帰国することになり、ジョニーも連れて帰ることになった。品川のマンションについた時、ジョニーは不安そうに部屋の隅で固まっていた。

アメリカでは敷地1200坪の庭を駆け回っていたのが日本の30坪のマンションで閉塞感があったのだと思う。それでも私が夜遅くに帰宅した時に、玄関まで出迎えにきてほおずりをしてくれたので私の疲れは癒された。何年か経ってジョニーは日本の生活に慣れてきたが12歳の老犬になっていた。ある時久里浜の公園にコスモスを見にジョニーと一緒に行った。公園には辺り一面ピンクや赤のコスモスが咲いて大変美しい風景だった。残暑のなか汗ばむほどの陽気だった。ジョニーは坂を登るのが辛そうだったが、紐を引いてジョニーを引っ張るように歩いた。今思うとこのころからジョニーは痩せ始め元気がなくなってきたようだったが、私はジョニーの老いと体力の衰えに気が付かなかったことを申し訳なく思う。

そしてまたニューヨークに転勤になった。ジョニーの事は心配だったが、連れていくしかないと思い、一緒の飛行機を予約した。住む町は以前にジョニーと暮らした同じ町に決めた。数か月くらいは何とか元気にしていたジョニーは急に脚が弱くなり、食欲もなくなってきた。この時たまたま娘が遊びに来ていたので、相談して病院に連れて行ったときにはジョニーは昏睡状態だった。10年前の「ジョニー千葉」のカルテがまだ残っており、医者はジョニーを診察したあとに「もうジョニー君は寿命だからこのまま楽にしてやった方がよい」と言った。私達三人で協議し、これ以上ジョニーの苦しむ顔は見たくないので医者の忠告に従う旨を告げた。最後にジョニーに触り、目を見たが生気はなかった。医者が注射を打つとジョニーは一瞬ぴくっと反応し、そのあと絶命した。私たちは皆泣いた。そして14年前にジョニーを飼い始めて子供たちを助けてくれてありがとうと胸の中で呟いていた。香港にいた息子に連絡をしたがほとんど無言だった。今年もコスモスは咲きだしたが、ジョニーとのことが思い出され久里浜には足が向かない。

## めまいの効能

課題「めまい」２０１４年11月

グルメ友達のMと私は酒場で飲んでいた。最近体重が増えてなんとかしたいということで意見が一致した。色々考えたあげくMが以前に行ったことのある断食道場に行くことにした。伊東市にある道場で有名人も多く来るところらしい。

早速五日間のコースを申しこんだ。到着したその夜からプログラムが開始したが食事は人参ジュース数杯と生姜紅茶、梅干しであった。朝昼晩同じである。二日目は医師の診断と講話があった。人間は自分の持っている自然治癒力を高めることで余計な薬や手術をするべきではないというのが話の概要であった。また朝食はあまり食べないことで、一日のなかでハングリーな状態を作り出すことにより体の適応力を増加させるという話は一般的な説とは違って興味をもった。

我々は毎日温泉に入り、一碧湖のあたりをぶらぶらと散歩したり、近くのゴルフ場でゴルフをしたり、じつにのんびりとストレスの無い生活をしていた。食事は相変わらず人参ジュース主体であるが、二度ほど具の無い味噌汁が出たので味わって飲んだ。

絶食期間中お腹がすいてめまいがすることも無かったし、また不思議とよく眠れた。むしろ心身共にリラックスして身体の中の毒素が抜けたように感じた。頭のなかもすっきりして最高の気持ちであった。

滞在中に4キロやせたのは私としては画期的なことだった。問題はこの状態をいかに持続していくかということだ。家に戻ってからジューサーを新しく購入した。医者の勧めどおりに朝は人参ジュースと生姜入り紅茶にヨーグルトをとることにした。昼はそば一杯、夜は自由といわれたが揚げ物を少なくし、飯も玄米で茶碗に八文目とした。それでも少し体重はもどったが依然よりは腹の出具合が改善したようである。道場に行く前は体に良いものよりもおいしいものを追いかけて食べ歩いた。しかしあの人参ジュースと具の無い味噌汁を飲んだ時、飽食をしていたら気が付かない本来のおいしさを感じた。日本の伝統的食材である味噌、醤油、生姜、黒ゴマ、梅干しなどは身体を温め健康に非常に良いものだと医師に言われた。また魚介類、特にイカ、タコ、カニ類や繊維質の多い食品であるヒジキ、昆布、大豆、納豆と玄米などを勧められた。これらのものは北海道で育った私にとってはよく口にしていた農産物や海産物であった。いつからかグルメな食品を追いかける中で伝統的で日本の環境にマッチした優れた食材を忘れかけていたのだ。その様なことを感じさせてくれたのが今回の断食の体験であり、食や生活態度などを根本から考えさせられる貴重な体験となった。私とM

は、忘れそうになる昔からの食材のおいしい記憶をたどるために、いつかまた道場に来ようと話しながら酒を飲み交わした。

# 男と女の物語

課題「ショーウインドー」２０１４年12月

水着や下着姿の女性がショーウインドーに並んでいる。踊っていたり、椅子に腰かけているのをガラス越しに観光客がのぞきこんでいる。オランダやドイツのいわゆる「飾り窓」に赤いランプが灯り、女性が客を誘う。客は扉を少し開け「商品」の値段などを直接交渉する。女性はヨーロッパの国々から出稼ぎが多いが片言の日本語を話すのは日本人の客が少なくない証。観光客にはもちろん女性もいるが初めて見た人は驚かれるに違いない。日本との違いはジメジメしたところがなくあっけらかんとして、むしろ堂々とした女性の態度である。衆目のなかで扉を開けて交渉するのは勇気がいるものだが、向こうのお客も堂々と値引き交渉しているからまた驚く。

日本にも昔から遊郭が京、大阪、江戸などにあったが吉原は特に有名である。幕府公認の遊郭で約２０００人の遊女がいたらしい。格子構えの座敷（張見世）がいわばショーウインドーであった。吉原の遊女にはなにかもの悲しい雰囲気が漂っている。

それは彼女たちの多くが地方から売られてきたということによるものであろう。

吉原には遊女の置屋があって年季があけるまで女性を管理し客との交渉もする。遊女には5ランクくらいの階級があり、最上位は太夫と呼ばれる。（のちに花魁）客は女性を選び、飲食を共にして気にいれば泊まっていく。

太夫になるには容姿端麗、芸事、書画、俳句などに堪能でなければならない。それなりに教養があって値段も高いことから高級な武士（大名など）や豪商などの客が多い。

それも初回は単なる顔合わせだけ、二回目は裏を返すといい互いの名前で呼び合う。三回目以降は馴染みになり遊女の部屋に入ることができるが祝儀が跳ね上がる。吉原のいいところは人情を交わす場や機会があり、そこに色んな男と女のドラマが生まれることではないかと思う。だから当時は芝居、歌舞伎、浄瑠璃の恰好の題材となった。

落語にもいくつか遊女を扱ったものがある。吉原の影響は当時の女性のファッションや髪型にまで及んでおり、爛熟した江戸庶民文化の一角をなしていたと私は思う。

出羽の国に鈴木清風という俳人がいた。彼は商人でもあり織物、米、紅花など各種の物産を江戸や京まで行って商いをしていた。俳人としては地元の尾花沢の中心的人物で俳句集も出していて、松尾芭蕉が奥の細道を旅して彼の所に10日も滞在していた。

　江戸の俳句の仲間に誘われて吉原に遊びにいった。若いこともあり裕福でもあったから何回も通ううちに一人の遊女と馴染みになっていった。清風の馴染みの遊女は三浦屋抱えの太夫で高尾という。美貌で性格もよく歌舞音曲に通じ俳句もたしなむ女性で、ある時高尾は手紙で「あなたは成功した大商人でお店の大事なお客だというのは皆知っている事ですが、あまり遊郭の賤しい風習に慣れすぎないでください。私とて好んでこの仕事をしているわけではなく貧しさからやっているだけです」と書いている。

　鈴木清風は紅花で大儲けしたとき、吉原を三日間借り切り２０００人の遊女を休ませたり、病気などで遊女が死んだ時には寺に投げ込まれる事を憐れみねんごろに埋葬してやった。

　高尾太夫はこのように人情の厚い清風にますます好意を寄せたが、伊達藩の殿様が高尾に入れ込み金と権力にものをいわせ身請けしてしまった。

　高尾は私には好きな人が居ますといって殿様には気を許さなかった。花見に連れ出された時にも横をみて口をきかない高尾はとうとう船の上で殺されてしまったという話である。

# 父の好物

課題「羊」２０１５年1月

蒼い空、緑の草原、白い羊の群れ。札幌郊外にある羊牧場の風景は色彩のコントラストが美しい。羊は昔からチベットやモンゴルの遊牧民にとって貴重な家畜だった。羊毛や羊皮だけでなく肉は食料としてまた収入源として重要であったに違いない。羊は比較的寒い地方に適することから、日本では多くが北海道で飼育されている。

私の父親は肉が好きで北海道にいた時はジンギスカン料理をよく食べた。家の食卓でも出されたが、週末に家族皆で郊外の専門レストランに行くのが楽しみだった。牧場が見える丘や、湖のほとりの自然のなかでジュージューと音をたててマトンやラムの肉を焼いてたべると家族の会話も進んだが、特に父親が楽しそうだった。先日弟と母を訪ねた。私が「ジンギスカン料理が食いたいなあ」と言ったら弟も同意した。90歳になる母親は玉ねぎ、にんにく、リンゴをすりおろして作る特製のタレの話をしてくれた。東京で何回かトライしたが、肉は冷凍ものだし今一つ北海道の味にならない。

父親は旭川生まれで小さい時に両親をなくして苦労した。苦学して大学を出てすぐに天草海軍航空隊に入った。あと一週間戦争が長引いたら特攻に出ていて私は生まれていなかったという話をしていた。父の過去の暮らしや軍隊時代の食生活は今の私から想像するのも難しいほど質素なもので肉を食べる機会など無かったに違いない。だから父は家族で肉のレストランに行って楽しく食事を共にすることが家族サービスだと考えていたようだ。戦後外資系石油会社に勤務し、転勤になり家族一緒に東京に出てきてからも週末にはステーキや焼き肉、すき焼きなどを食べに都心のそれなりの店に連れていってくれた。そのような高級レストランに行ったことのない私達は嬉しかったし、また父の羽振りが良くなったのを感じてもいた。

父は定年退職して10年ほどたった時大動脈瘤破裂で入院した。軽い脳梗塞もおこしていた。手術の後、若い医者は余命あまり長くないことを我々に告げて、大量の薬を投与した。父はベッドに寝たきりで苦しそうで話もろくに出来ない有様だった。私は決心して父をリハビリ病院に移して薬漬けから解放させた。父は車椅子に乗りながらも話をするようになり元気が出てきて喜んでいるように見えた。数か月後その病院でバーベキューパーティーがあり家族も呼ばれた。父は会場の庭で私の顔をみると「おお、来てくれたのか」と言って脳梗塞特有の顔立ちをゆがめて涙を流していた。しばらくして父の方を見ると口一杯にバーベキューの肉を頬張っていた。父が幸せそうな顔をして食べているのを見て、私はこの病院に父を移して良かったと思った。その後何週間か経って父は帰らぬ人となった。私はいまでも真面目なサラリーマンであり、優しい家庭人であった父の思い出を懐かしんでいる。

# 占い師フランシスコ

課題「恐怖」2015年2月

1996年、ニューヨークのダウンタウンにある彼のアパートに行った。薄暗い部屋に通されて挨拶をした。私は友人Aから紹介を受けていたのだが、彼の名前はフランシスコといい、ブラジル人でフォーチュンテラーだとしか知らされていない。彼も私の事は何も知らないが、私の手相を30秒くらい見ておもむろに口を開いた。

「ミノル、私はもう占い師の仕事はしていないがAさんの紹介なのでこれからあなたの運勢を占ってみたい。」

私は緊張してこれからどうなるのだろうとドキドキしていた。

彼は小柄な年恰好40歳くらいの男で小奇麗な身なりをしていた。やさしそうな感じがしたので少し安心した。彼はテーブルの上にテープレコーダーを置きスイッチを入れるとマイクを持って、私に背中を向けた。短い間瞑想した後、澱みなく話し始めたのだった。

話は私の小さいころの事から始まり今に至るまで（その時私は48歳）の感情や心理

状態の推移について及んだ。最後に5年位先の見通しについて言及した。一時間に亘るフランシスコの語り、分析、預言で私はほとんど喋らずじっと聞き入っていた。緊張による疲れとなにか打ちのめされたような脱力感を感じた。

フランシスコの話で具体的に事実と同じだったことは幾つもあった。

「ミノル、君には重要な女性とのコネクションがあり、その女性は貴方のやろうとする仕事に方向性を与え、あなたに強い力を与えてくれることになるだろう。その女性との話し合いは秘密裏に行われる。」と彼は言った。

当時私は銀行の金融派生商品（デリバティブ）を扱う会社設立のためにニューヨークに行き、まず専門家を採用すべく西海岸の米銀のチームと交渉した。マーケットでは名の通ったチームでヘッドは女性だった。交渉は下手をするとその銀行から訴えられる可能性があったので水面下内密に進められ12名の専門家を引き抜いた。彼は更に私に警告した。

「ミノル、水それも海の水の上で高速の近代的な乗り物に乗って困難にであう。」と。実は数か月前にその警告通りの事件が起きていた。会社設立して5年経ち、総勢100名以上で業務も順調にいったとき、私は冬休みをとってカリブ海のバハマ島に行った。気候は暖かくニューヨークからみると天国のようで、海は青く開放的な気分になっていた。私は泳げないが救命着をつけてウォータージェットといういわば水上のオートバイのようなものに乗った。もともと無鉄砲なところのある私は最高速度にあげていい気になって運転していた。そして急に左旋回をしたときアッというまにひっくりかえって海の中に投げ出された。あの時の恐怖はなんと表現したらよいのか、ただただパニック状態になっていた。救命胴着を付けていたから冷静に対処すれば浮いていられたのかもしれないが、黒人の監視員が助けに来てくれるまで数分の間相当バタバタもがいていて海水も相当飲んでしまった。

フランシスコとの話が終わって私は録音したテープをもらい帰ってきたが、それ以来私は占いや霊感というものをある程度信じられるようになった。20年近く経って録音テープを再生してみた。ニューヨークのあの暗い部屋が浮かんできた。一面識もないあの占い師に自分の人生の過去と未来に亘って覗かれた私は一種の恐さを感じてテープをまた引き出しの奥にしまい込んだ。

# 花粉症

課題「花粉症」２０１５年３月

この季節になると花粉症になる人は大変だという話を聞くが、経験したことがないのでその苦しみはよくわからない。私の家族は誰も花粉症になっていないが、日本では２０００万人の人が花粉症だというのだからまさに国民病と言っていいのかもしれない。

花粉症は空中に飛散している植物の花粉と接触したことで免疫を獲得し、その後再び花粉に接することで過剰な免疫反応（アレルギー）を起こす症状であり、日本では杉花粉によるものが圧倒的に多い。戦後植林によって杉の木が多くなって、１９７０年代の後半から花粉症が騒がれるようになった。

国民病と言われるようになってもまだ根本的治療法はないらしい。原因もまだ解明されていないが、遺伝要因が関係しているようでもあり、また大気汚染、生活環境、衛生環境などの環境要因が影響しているようにも思える。

ここ50年の間にアトピー性皮膚炎とか花粉症とかアレルギー性の疾患が増えてきたような感じがする。特に若年層や女性に多いように思える。低開発国より日本のほうがアレルギー疾患の罹患率が高いのはなぜか、どうして50年位前から増えてきたのか。私は日本の環境変化に一つの理由があるのではないかと思っている。

医学界の仮説に幼児期の環境が清潔すぎるとアレルギー疾患の羅漢率が高くなるというのがある。自分の子供の頃は北海道にいて森や山など自然のなかで遊んでいた。当然泥んこだらけになり、花粉を浴び木の実などをとって食べていた。また野生の動物とも触れることがあった。手洗いやうがいなどたまにしかしなかったし、風呂だって毎日ははいらない。食べ物も賞味期限などなかったし、少しいたんだものも工夫して食べていた。だから今と比べて不衛生といえばそうであったが、なんでも除菌したものを好む今の生活スタイルが本当に良いのか疑問に思うことがある。

人間の体内には無数の細菌やウイルスが存在して、外から有害な細菌が侵入すれば腸内細菌がやっつけてくれることになっている。したがって人間は幼児期に様々な細菌に出合うことによって正常な免疫機能の発達が助けられるのではないだろうか。細菌やウイルスを極端に遠ざけて接触しないようにしていると徐々に免疫力が低下し、その結果アレルギーになりやすくなるのではないかと思う。

漆職人は徐々に漆の毒に慣れ、へびつかいも蛇の毒をとりいれ慣れるように、我々人間は自然界の異物や細菌にも慣らしていくことが必要ではないか。したがって子ども達を自然の中でのびのびと育てたり、衛生教育にあまりにも過敏にならないほうがいいのではないかと思う。

# エイプリル・フール

課題「鍵」２０１５年４月

アメリカの会社にいた時の事。ある朝、親会社のT常務から突然電話がかかってきた。「千葉君、君の会社の社員が昨日警察ざたになって留置されたのは知っているかね」ということだった。驚いて真相究明のため副社長をよび、情報を集めるよう指示した。間もなく「社長、わかりました。どうもクラークが昨晩ダウンタウンのバーに行って酔った後、店の女性にセクハラ行為をして警察に連れていかれたようです」私はまた面倒なことをしてくれたと思ったが、彼ならありそうな事だった。総務部長の話では怪しげなバーによく出入りしていたという情報は得ていたからだ。クラークは頭のいい若手社員だが未婚で落ち着きはなかった。１９９０年代アメリカでもセクハラ問題は厳しくなりつつあった時だ。私はすぐに法務部の弁護士を呼んで相談した。「千葉さん、事態は結構深刻で警察が当社にきて調査をしたいといってます」と、あの痩せたユダヤ人が目をひん剥いて私に警告した。

次はクラークの上司で私が最も頼りにしていた米人副社長を呼んだ。彼は冷静な男でシカゴ大の博士号をもつ優秀なやつだ。「クラークは昨日は9時ごろまで仕事をしていて、一人で帰りましたが、今回の事は今朝知りました」といつもより暗い顔付きで話した。

そのあと呼びもしないのに経理やコンプライアンス担当の部長が入ってきて「うちの会社も一応社員のハンドブックはありますが、コンプライアンス強化のためコンサルタントに頼んで話をしてもらい、社員規則の見直しをしたい」といった。殊勝なことを言うなと思って頷いた。

私はT常務に早速報告するとともに対策についても説明しようと部屋に行った。彼はいつも柔和な顔なのだが、その時は固い顔をしていた。一応報告したあと常務に電話がはいった。「千葉君、副社長が君に話があるからすぐに部屋に戻ってくれといっているよ」と言われ部屋に戻った。そこにはあのクラークはじめ皆がいるではないか。なんで皆がここにいるのか不思議に思った。米人の副社長が口を開けた。「MR.Chiba、今日は何の日か知っていますか？」私はしばらく考えて「しまった、今日は四月一日か、またやられたのか！」と地団太をふんでくやしさを表現した。これは会社ぐるみの企てであった。出演者八人、首謀者は頭のいい、茶目っ気もある米人副社長であった。私はすぐにT常務の所に飛んでいった。「常務、やりましたね？」。「千葉君、申し訳ないと思ったけど君のところの米人が数日前から頼んできて協力することになったんだよ。わるい！　わるい！」と笑いながら謝っていた。

この「事件」は、時が経つにつれ楽しい思い出話となり、〝出演者〟の熱心な演技が思い出され、酒を飲んだ時の恰好の話題となった。私はアメリカンジョークが好きだし、このような悪戯が嫌いではない。ただエイプリルフールでジョークを言うときには、相手選びと内容にユーモアがあるもので最後に落ちをつけることがキー（鍵）である。今回のようにだます人の上司も巻き添えにした大掛かりな芝居は珍しい。シナリオを描くのに3日はかかったらしいがだまされた私も感心するくらいだ。

何年後か彼らとあってもこの話に花が咲く。そしていい奴らだったし、楽しいNY時代の思い出であったが、実はその前年にも何人かにエイプリルフールを仕組まれたのだから、私はよっぽどだまされやすいタイプなのかもしれない。

# タラの芽

課題「芽吹く」２０１５年5月

コネチカット州のグリニッジという町は私にとって懐かしい町である。二回にわたり合計10年余り住んでいた。裕福な白人の住民が多い町で、ゴルフ場、テニスコート、海水浴場、などの施設は町の住民だけしか利用できない。冬は零下20度にもなる寒いところだが、町の中心にある教会の庭にクロッカスや水仙が咲きだすと市民は春の訪れを感じる。そしてはなみずきの街路樹に白い花がいっぺんに開きだすと春爛漫となった。

この町の海岸沿いに小さな半島があり公園になっていて、そこは私の好きな散歩道で四季を問わず、雪の日も風の日も一時間かけて散歩した。アライグマ、鹿、兎やアヒルの家族連れ、オスプレイ（ミサゴ）などと出合うのも楽しい。植物はあまりないがハマユウ、百合が咲いていて、潮風が磯の香りを運んできた。

ある時NHKのニューヨーク支局長のF氏夫妻を自宅に招待し、この公園に案内した。天気の良い春の海にはヨットの白い帆が浮かんで、その遠景にはマンハッタンの摩天楼のシルエットが見えた。談笑しながら歩いていると、F氏が言った。「千葉さん、あれはタラの芽ですね。」私は食べたことはあるが実際に木になっているのは見たことがないので「そうですか」とその場は受け流した。翌日また散歩にでかけ、半島の内陸に入ってみるとタラの木が密集しているところを発見した。背の高い薄茶色の木にはとげがあって痛い。ナイフで先端にあるタラの芽を採取した。木の横から出ている芽は取ると翌年から出てこないという話をきいていたのでマナー違反はしないように採ったが、それでも30分の間に沢山とれた。散歩しているアメリカ人にみられないように持ち帰った。テンプラにしてお腹いっぱい食べたが野生のタラの芽は格段に美味しい。残ったものを同じ町に住む同僚に配ったが、その同僚は翌日一人で探しに行った。

翌年また春が来てタラの木も芽吹いてきた。私は「収穫」の時期を見ていた。そして出張から帰ってタラの芽をとりに勇んででかけた。そして驚いた。ほとんど採られて無くなっているではないか。翌日会社に行ってあの同僚に聞き質した。彼はすべて自分が取り尽くしたことを白状した。来年はまた彼との取り合いになるのかと、ちょっとさもしい気になった。そのうち私は帰国したが、彼からの手紙に今年もタラの芽は沢山なりましたとのメールがはいってきた。これ見よがしのメールに苦笑したが彼や家族が喜んで食べている姿が思い浮かんだ。

今でもグリニッジに住んでいる彼から是非遊びに来てほしいとのメールがきた。行くならタラの木が芽吹く春の頃がいいと思っている。

# エッセイを書くのは難しい

課題「ベストセラー」2015年6月

私は本を読むのは嫌いではないが、その時に興味を持ったものを読むだけなので多くの本を読む方ではない。だからベストセラーがどの本だかよく知らないし、仮に知ってもそれをすぐ読むわけでもない。ベストセラーになる本はその時代に合ったテーマで新しい知識を与えたり、共感できるような主張が書いてあるから売れるのだろう。

読む価値というのは人によって違うものだが、自分とは違った生き方や境遇の人を知る事は興味深いし、いろんな人生経験や別の考え方を教えてくれるのは、私の人生や考え方に幅を与えてくれるようで、精神的に豊かになれるように思われる。

エッセイの教室で「書く」ことを勉強している。書くということは、自分と向き合うことで、究極の自己実現だとか言われるがなかなかその域に達するのは難しい。自分と向き合うことは何か気恥ずかしい面もあり、自分自身もある意味ではまだ成長過程なので突き詰めてもあまりいいものが出てきそうもない反面、ぼんやりとさせておきたいというい加減な楽観主義みたいなものもあって簡単ではない。子供のように純粋な気持ちでいわば虫の触手みたいに感じたものをそのままに表現するには多くのしがらみを背負いすぎている。

私の好きなエッセイ集で「知る悲しみ」というのがあり、いつだか著者の島地勝彦さんからサインとメッセージ入りでもらった。見開きには「知る悲しみは知らない悲しみより上質である。」と書いてある。238編の短いエッセイが詰まったこの本はどれを読んでも面白い。ふと気分転換したいときなどぱらぱらとめくって一回に数編読んでニンマリとしている。いっぺんに読み切るのはとてもできないのは高級ウイスキーをのむような気がしてもったいないからである。

島地さんは長いこと集英社で週間プレイボーイの編集者であったが7年前に作家に転向した。仕事がら今東光、柴田錬三郎、開高健などの作家や編集者などと付き合いが多く、話のタネが尽きない。文学、芸術、ウイスキー、ゴルフ、海外事情など博識で多くの分野に精通しているから感心する。また多くの人との交友はそれだけでエッセイになってしまう。

おまけにユーモアと粋なダンディズムが各所にちりばめられているからたまらずニ

ンマリしてしまうのである。だから島地さんが書く時にしているように、シングルモルトのウイスキーをなめながら葉巻をくゆらせれば、このエッセイはもっと良い味をかもしだすのではと思っている。

エッセイ教室は構想がまとまらないとつらいところがあるが、いろいろ書いてみると自分の気持ちや考え方の整理になり、難しいが楽しいと感じるようになってきた。

# 日本人の季節観

課題「梅雨」２０１５年7月

二月になると私は妻と梅林を見に小田原に出かける。桜より梅の古木に紅白の花を咲かせている景色のほうが風情があって春の訪れを感じる。我が家の庭にある鉢植えの早咲き桜が二月の末に咲くころは伊豆に出かけ河津桜と菜の花の競演を楽しむ。四月には日本中桜が咲きみだれ、五月にはツツジとフジが咲く。六月には花菖蒲を見に横須賀の公園にでかける。梅雨に入り庭の草花は一層濃い緑色になり、淡い青色の紫陽花が露に濡れている様は絵のように美しい。筍にはじまり春の野菜が出回るようになると食卓も季節感溢れる。

季節の感じ方は国と場所によって変わってくる。30年ほど前にロサンゼルスに5年ほど住んでいた。ロスの気候は地中海式気候だから一年間を通じて温暖で雨が少ない。つまり四季ははっきりしない。年中春のような気候だから水さえ与えていれば植物の生育はいいし、人間だって何となく暮らしやすい感じのするところだ。アメリカ人も退職してのんびり庭のテーブルでワインを飲みながらカリフォルニアの太陽の光を浴びたければロスにやってくる。すべてがスローペースで、のんびりとしたライフスタイルである。

道で人に会っても今日の天気はどうのとか時候の挨拶はしない。もっぱらレイカーズとドジャーズがどうしたかという話になる。住んでいる人間もおっとりして陽気な人が多いような気がする。その当時ロスから日本をみて、日本の生活はなんとせせこましくて余裕の無いものかと思ったし、気候も雨が多くてジメジメと蒸し暑い夏と寒くて風邪がはやる冬にちょっと嫌気もさした。それに比べてロスは天国みたいだと皆で話していたものだ。

日本に帰ってくると、年を通じて気候は変化し四季がはっきりしているのに改めて気が付く。ここに住んでいる人は否が応にも自然や天候などに対する関心や感性の度合いを高める。自然の変化に季節を感じて「暦」ができ、農業や村の行事がそれに応じて行われる。花見とか節句の行事を楽しみ、手紙を書くときも時候の挨拶から始まり、俳句には季語が重要となる。この自然を観察し四季の変化を感じ取る感性は生活に変化を与え豊かにするだけでなく、文化の発展にも影響を与えたに違いない。

日本の詩歌、絵画、建築、料理にはこの風土の特性が反映しユニークなものになっている。私は料理をするのが好きであるが日本料理は旬という季節を最も表す素材を使い、色、香り、味で季節感を表現している。

そしておもてなしの精神と美しい器や盛り付けで供される料理は芸術品となる。

今日も朝から雨がしとしとと降り続いている。ロスから私とほぼ同時期に帰国した二人の仲間が帰国二週間で亡くなった。あの楽しかったはずのロスでの生活のリズムは、日本の美しいが厳しさもある自然環境やその風土で出来上がった生活システムに合わなかったりしたせいだと思っている。梅雨寒ともいうべき肌寒さを感じる一日であるがこの梅雨が明けるとまた暑い夏がやってくる。

# 終戦記念日と母

課題「蝉」２０１５年８月

母親は91歳だが一人でケア付きマンションに住んでいる。一週間後に終戦記念日を控えたある日、母親が生きているうちに戦争前後の体験を聞き留めておこうと会いに出かけた。日持ちのする菓子と果物をもっていった。母はまだ自分の足で歩けるし話す声も大きく外から見たら元気だが、時々弱気になって「もうそろそろダメだよ。」と言うのが口癖である。私はあまり親孝行らしい事をしていないが、たまに顔を見せて話を聞いてやると幸せそうな顔をする。まだボケてはいないが、話のなかで繰り返しが多くなった。同じ話が数回繰り返されるが我慢して聞いている。ずいぶん前の事を昨日の事のように話したりすることもある。これらの事は年齢が年齢なのでしょうがないと思うが、元気だし結構まともな意見も言う。

私は母に戦時中の話を聞いてみた。

「終戦時はどこにいたの？」

「旭川で女子青年部のリーダーをしていたよ。」

「玉音放送を聞いた時、どう思った？」

「負けて残念という気持ちとこれで被害が拡大せずに平和になるという気持ちだった。」

母は旭川高女を出て女子青年部という民間人の組織にいて、軍に対し情報連絡の役割をしていたらしい。

「戦争中は大変だったのかい？」と私が聞いた。

「アメリカの焼夷弾が落ちた現場を見た時は怖かった。皆橋から川へ飛び込んだが、その川にも容赦なく爆弾が投下され多くの人が犠牲になった。選ばれて通信兵みたいなことをしに沖縄にも行かされた。」

このことを聞くのは初めてだった。

「沖縄は最後激戦地になって民間人を含めて多くの人が死んで大変だったところだよ。」

と私が聞くと「私は上官から早く本土に帰った方が良いと言われ飛行機に乗って帰ったよ。」

といった。その当時母は敵の飛行機が何機上空を通過したとかいうことを本土に連絡する仕事をしていたが結構危ない目にもあったらしい。母は女まで戦争に駆り出されるようだと日本は負けるのではということを上官の前で話したら、人前でその様なことをいったら捕まえられるぞと言われたそうだ。またアメリカの物量や兵士の多さには驚きかなわないと心底思ったが、日本の兵隊はそのうち神風が吹いて日本は勝利すると本気で話していたと教えてくれた。

私はまた聞いた。

「終戦後は何をしていたの？」

「旭川に戻って女子青年部の代表としてマッカーサーの出迎えに行ったり、進駐軍関係の仕事をしていたよ。」

母の話は新しい事が多くあったが、あまり突っ込むような事はしないで話の聞き役に徹した。恐らくこのような話をするのはこれからもそうはないだろうと思ったからだ。

終戦の翌年、特攻の生き残りであった今は亡き父親と結婚し私が生まれた。

「親父は戦争の事をあまり僕には言わなかったけど、母さんには言ったのかい？」

と聞いてみた。

「そうね、あまり戦争中の話はしなかった。言いたくなかったのだろうと思うよ。」

母との話は2時間にも及び真剣なやり取りが続いたので疲れたが、何とも言えない充足感みたいなものが私達にあった。

終戦記念日のころはいつも暑さが厳しいのだが今日は特に蝉の声がミンミン、ギーギーとうるさいくらいに鳴いていたので人一倍暑く感じられた。

私は今回母親の話を聞けてよかったと思った。母は私が帰るとき出口まで見送りに来て、「今日はいろいろありがとう。」と言って強く私の手を握ってきた。

玉音に幾重の想い蝉時雨　　実

# 芸は身を助く

課題「ご褒美」２０１5年9月

　私の母親は小さいころから三味線などの芸事を習っていた。結婚して東京に来てからも杵家流の師匠につき長唄を習い名取となった。私が中学のころ毎日三味線の音を聞いていた記憶がある。また歌謡曲を歌うのが好きでテレビの歌番組にも出たことがあった。

　父はM石油会社に勤めるサラリーマンだった。米国系の会社なので毎朝英会話のレコードを聴いてから出勤していた。父は音痴で芸能関係は全くだめだったから宴会には出るが余興とかなると逃げ回るほうだった。自宅に社員を呼んで宴会をしても余興は母の出番となった。

　私が大学に入ったころだから今から50年前、父はM社の東京第一支店長になった時に米国の本社から新しい社長が日本法人を訪れることになった。当日父は米国の慣習に習って夫人同伴で飛行場まで出迎えに行くことになり、母親と緊張して出かけて行ったのを覚えている。

飛行場でアメリカ人社長が出てきて母のところに来た時「アイ　ウィッシュ　ユー　アマッチ　サクセス　オンユア　ニュー　ジョブ」（新しい仕事での成功をお祈りします）と英語で言った。これは前日父から教わったものだろうと思う。新社長は着物姿の母に英語で話しかけられ嬉しかったようだ。その時アメリカ人の間では普通なのだが社長は母にハグした。母はそのようなことは慣れていないし突然だったので日本語で「何をするんだ」みたいなことを呟いた。この意味はアメリカ人の社長には幸いにして伝わらなかったのだが、日本人の間では後日笑い話として語られたと聞いた。

その夜日本橋の料亭で盛大な歓迎会が行われた。20人くらいの芸者さん達が宴会を盛り上げた。母も招待されていたが、そこで三味線を弾くことになった。母は事前に親しくしていた三味線豊藤さんから外人の前では変わった曲を弾いてはどうかとアイデアをもらっていた。豊藤さんの師匠は豊吉さんといって豊吉流の家元で三味線とオーケストラの競演などをしていたから、タンゴの曲「ラ・クンパルシータ」を勧められ練習を重ねていた。これにはアメリカ人一行もプロの芸者さん達も驚き、拍手喝さいだったらしい。

翌日アメリカ人社長からのメッセージがあって、「昨晩の御礼とご褒美にあなたの好きなものをプレゼントしたい」と言ってきた。母は遠慮もなく「象牙で出来た三味線の撥が欲しい」と言った。これは30万円以上もする高価なものであったが翌日母に届けられた。

母は大変喜んだが、実際それ以上に内心喜んでいたのは父であったろうと思う。その後父の仕事もいろいろとやりやすかったらしい。これも母の内助の功だとだいぶ後になって父が私に話してくれたのを覚えている。

## 初めてのデモ

課題「デモ」２０１５年10月

１９６８年の11月、月が煌々と照って静かな夜だった。この日が東大紛争の天王山ともいうべき日になった。東大本郷キャンパスの夜7時過ぎに全共闘はストライキや封鎖続行を主張して全国動員をかけた。顔をタオルで隠し、白、赤、青などのヘルメットをかぶって鉄パイプを持った学生らしき集団が隊列を組んで行進している。他方共産党系の民青も同様に全国動員をかけており、それぞれの団体の大きな旗を掲げて行進し、マイクは「沖縄の同志が今日の集会に参加されます」というようなアナウンスを行う。何かの入場式のような雰囲気だった。門の外には黒い制服とアルミの盾にこん棒をもった機動隊が待機しており数万人のデモ隊と対峙していた。

この年の十月から全学部無期限ストにはいった。私達は経済学部3年生だったが学校に来ても授業がなかったので、ゼミやクラブ活動の仲間と自由な時間が持てた。田舎から仕送りをもらって苦学する学生にとっては早く授業に復帰したいと話していた。我々のゼミの学生は自主的に集まり経済学の勉強をしていた。自主的に学問をしたり、たまには仲間と遊んだりしながらも紛争のことや将来のことを話し合う機会になったことは、エスカレーターのように授業を受けて、試験を受けて卒業していくという平凡な学生生活を送るより結果的には良かったと思っている。私はこの期間に遊びも覚え麻雀と社交ダンスをするようになった。

あの夜、私は友人とダンスパーティーに行く予定で背広にネクタイ姿で待ち合わせしていた。ノンポリ派を支援していたゼミの仲間からの連絡が入り、三派系も民青も大規模なデモ集会があるからノンポリ派のデモに参加してくれとのことだった。ノンポリ派は非暴力と封鎖解除などを主張していたがリーダーは町村信孝氏だった。本郷キャンパスではそれぞれがデモ行進をしており、一触即発の状態で異様な雰囲気と緊張が我々の気持ちを支配していた。今から考えると背広、ネクタイにコート姿で「封鎖反対」などとシュプレヒコールをしながら行進していたのだから滑稽な姿だった。図書館前で上から水をかけられたり、小競り合いでメガネが壊れたりしたが、火炎瓶や鉄パイプでやられなくて幸いだった。奇跡的にこの晩は大規模の衝突はなかった。しかしこのデモ集会の意味するところは、一大学の紛争が全国的な広がりをみせ、かつセクトとそのイデオロギーの対立の場に変化してしまったことだ。私達は、ますます学内の問題解決は難しくなったという気持ちを強くした。この紛争が行きつくところまで行ったのが１９６９年１月の安田講堂事件で機動隊と中に閉じこもった全共闘の学生が激しく衝突した。その後東大紛争は収束に向かったが、学園紛争は全国に波及し、学生それぞれに様々の思いと体験を残した。私のデモ参加は後にも先にもこの時だけである。最近の安保法制のデモを見ていると、かつてのセクトではなく一般大衆が参加しており、特に若い人達が多いのが目立った。市民の示威行動は必要なことだが、それ以上に重要なのは選挙での意思表示ではないかと思う。

# おわら風の盆

課題「灯り」２０１５年11月

　夜も更けた路地裏を少人数の街流しの一団が闇に揺れて浮かぶぼんぼりの灯りに照らしだされる。幽玄な空気が周りを覆い包んで私は興奮し、酔いしれていた。揃いの着物を着た男と女は見事に呼吸があって何かお互いに話しかけるような踊りに目を奪われた。緩やかなテンポから身体を反らせ、早いテンポの振りを交えたかと思うと、突然美しい姿で静止する。優雅であり夢幻な絵巻物のような踊りと演奏は暗闇の中どことなく去っていった。

「お前、高橋治の風の盆恋歌って本読んだことある?」と以前勤めていた会社の同僚に聞かれた。私は「まだ読んでない」と答えると、「この小説の舞台になった富山の八尾に行ってみないか」と彼が誘った。私は早速本を買って読んでみた。

　小説の男は30年前に旧制高校の仲間と風の盆を見に八尾にでかけ女性と愛し合う。誤解がもとで二人は別れてしまうが、パリで再会してから再接近した。彼女は風の盆に二人で行きたいと言った。男は八尾の一軒家を借り毎年この時期に来て彼女を待った。4年目に彼女はこの家を訪れる。庭には酔芙蓉の花が咲いていた。最後に男はこの家で病死するが、女は薬で自殺を図り後を追う。この美しくて切ないストーリーを読み風の盆を是非見てみたいと思い友人と出かけたのだった。

江戸時代から続くこの祭りは毎年9月1日から3日間行われる。小説の効果もあり毎年30万人の人が訪れる。多くの観光客は夜7時から始まる〝舞台踊り〟とその後に続く〝輪踊り〟を見て帰るが、深夜から始まる〝街流し〟がこの祭りのハイライトである。

越中おわら節という民謡は三味線の音で始まり、そこに鳴くような音を出す胡弓が加わり地方《じかた》が肩から吊るしたしめ太鼓がリズムを刻み始める。そこに裏声に近い男性の高い声がゆっくりと歌いきる。胡弓の音がしっかりと寄り添い胡弓が歌っているようでもある。諏訪本町のメインストリートには沢山のぼんぼりに灯がともり、大勢の観客が見守るなか街流しの行進が始まる。股引きに法被姿の男踊りは農作業の様子を表して勇壮な感じの踊り、浴衣姿の女踊りは非常に上品であり、また艶っぽい。女性が膝から背中にかけて美しい線をみせて後ろにのけぞるように踊り、手の平、指を柔らかく動かして話しかけているようだ。男も女も編み笠を深く被っているのでちらっと見える顔がまた美しい。

　互いに心を通わせながら離れ離れになっていた男と女の危うい恋を描いた小説の世界と、上品で優雅でありながらどこか男女の恋心を表現しているような祭りの余韻を引きずって私達はこの町を後にした。その時に買い求めた酔芙蓉の花が庭に咲き始めた。酔芙蓉は朝に白い花が咲き、昼頃淡いピンクになり夜には紅く染まり萎んでいく。はかない花の命と移ろいは小説の女性を思わせると同時におわら風の盆を思い出させる。

# 北海道の冬支度

課題「冬支度」2015年12月

半世紀以上前に小樽や札幌に住んでいたことがある。当時北国に住む人々にとって冬支度は避けられないというより生きていくために必須なものであった。北国の冬は長く半年続き、4月に根雪が融けて5月の連休に桜が咲くまで寒さは残る。

当時雪解けが始まると犬や猫が凍死していたのを見たことがあるが、人間や動物に対して冬将軍は容赦なく対応をせまるのである。

11月に外で遊んでいるとよく小さな白い虫が飛んでいるのを見かけた。雪虫と僕らは呼んでいたが、それはまさに初雪が近いことを知らせるものだった。

このころから母親達は長く厳しい冬の生活の支度を開始する。まだ住宅環境が良くない頃窓のガラスの枠には紙テープを張って外気を遮断する「目張り」をした。冬の間は窓があけられなくなるのだ。大抵の会社は従業員に給料以外に石炭手当を支給するのが慣例だった。馬が鼻息を白くして、馬車や馬橇に石炭を何トンか積んでやってくる。私達男の子は小学生でも馬車の荷台から石炭倉庫まで石炭を運ぶのが結構重労働だったのを覚えている。私は小学校でも相撲は強い方だったし、力仕事には自信があったから見せ所とばかりに一生懸命運んだ。母親は大きな樽で何十本という大根を藁紐を丸めた束子のようなもので土を洗い落す。私も手伝ったことがあるが手がかじかんで痛くなる。母は黙々と洗っていたが、当時ゴムの手袋なんかなかったから素手で行う作業だった。母の手はあかぎれで荒れていた。洗った大根を縄でしばり梯子のような状態にして軒下につるして干した。ニシン付けという北海道特有の漬物をつける準備である。家族も近所の人達も皆で冬を迎えるために労働した。キリギリスの話のように怠けていたら冬は越せないから辛くとも皆必死に冬支度をした。

東京に住んでいる今の生活とくらべると我々の生活がいかに便利になったかを感じる。それは両方を知っている我々だから感じることができるのかもしれない。

90歳を超えた母親はまだ存命だが日本で一番寒い旭川に長く住んでいたのでその違いは身に染みて感じているに違いない。いまの私達の冬支度はほとんど何もない。だから母と会うとよく言う。

「北海道はもう初雪がふったらしいからしばれる日が続くねえ。それに比べて内地はあったかくてこの家もボタン一つで暖房が付くから天国にいるみたいだよ。」

文明の発達の早さと生活の変化を私達は知っていても、便利で快適な生活を当たり前に思っている孫達にそのような話をしてもしょうがないと思って話したことはない。

ただあの辛さのなかでも楽しみを見つけていたのは間違いない。極寒の外から家に帰ってきた時のあのホッとした気持ち、雪の中で無邪気に雪合戦や鎌倉作りで遊んでいたころ、雪まつりの像を見て感動したことなどが思い浮かんでくる。

苦労して生き抜いていた生活は私達になにを授けてくれたのかと思うときがある。寡黙で辛抱強い北海道人のイメージがあったが、あの過酷な越冬生活の厳しさと無関係ではないだろうと感じる。

# ご利益

課題「めでたい」２０１６年1月

一年も終わり頃になると今年は自分にとってどんな年だったのか考えることがある。そして来年はめでたい、良い年になるようにと神仏に頼みたくなり奈良旅行に出かけた。

友人には「なんで今頃奈良なのか、うまいものはないよ」と揶揄されたが「めでたい新年を祈願しに行ってくるよ」と話して旅に出た。中学校の修学旅行以来の奈良はあまり変わってないと感じた。ただやたらと鹿の数が増えたのと中国人の観光客がここでも多く見られたことが印象的だった。

タクシーをやとったのだが運転手は寺田さんといって私と同年代の人だった。脱サラで地元に帰り運転手になったらしいが初級のガイド資格を持っていた。信頼できそうなので観光コースは彼に任せた。東大寺から始まって興福寺、春日大社、唐招提寺、薬師寺そして秋篠寺を二日かけて回ることにした。彼は本を読むようなありふれたガイドはしなかった。60の手習いらしいが十分の知識を持っていて、私の質問にも適切に答えてくれた。

「寺田さん、仏像特に本尊の周りにいるエキゾチックな従者のような像を見てると、インドからギリシア、ヘレニズム文化の影響を感じるのですがいかがですか？」と私が聞くと「確かにその通りです。その証拠を薬師寺でお見せします。」と寺田さんは答えた。また「如来とか菩薩、観音、天など仏像の呼び名はどう区別するのですか？」「それは仏像の位を表してます」という答えが直ぐに返ってきた。

寺田さんによるとガイドの仕事は単に説明するだけでなく観光者をいかに楽しませるかが重要でお客さんにもう一度奈良に来たいと言ってもらう様に頑張っているとのことだった。私はこのガイドさんがすっかり気に入ったのでお昼ご飯をご馳走しながら出身地や前職のことなどを聞きだした。

私は凡人だから仏さんの前では無病息災とか来年はいい事ありますようにとかのご利益をお願いしてばかりいた。寺田さんは仏教の教えにも詳しいようで、彼によるとご利益は追求するものではなく、善行や努力の結果として得られるもので、日々の信仰のご利益は毎日無事に生きていられることだと言った。だから仏様の「おかげ」という謙虚さと感謝の気持ちが大切だと教えてくれた。寺田さんはすべての仏前で両手を合わせて丁寧にお辞儀をしていた。私はこれを聞いた時に自分の浅学さに恥ずかしくなったが、ありがたい事を教えてもらったと思った。来年のキーワードは謙虚と感謝だと心に決めた。

　その後、秋篠寺を訪れ伎芸天のやさしい顔としなやかな立ち振る舞いに感心して見とれていたら寺田さんが「千葉さんは歌を習っているのだから、そのお札を買って肌身離さず持っていたらいいですよ」といったので、お札と仏様の全身の写真を購入した。そして心のなかで「一生懸命練習しますからうまくなりますように」と今までになく謙虚な気持ちでお祈りした。

　二日間の寺巡りを終えて寺田さんに感謝の気持ちをこめて握手した。古都の空は真っ青に澄み渡っていたが私もすがすがしい気持ちで手を振って別れを告げた。寺田さんも車のなかからいつまでも手を振っていた。

大仏に　ご利益せがむ　師走かな　　実

# 生まれ故郷旭川

課題「寒気」２０１６年2月

母方の先祖は石川県だと聞いた事があるが、曾祖父のころから旭川に住みついたようだ。

旅館業を営み戦前は旭川で一番大きな旅館となり皇族の指定旅館となっていた。戦後いろいろあって祖父から叔父の代に没落してしまった。私は旭川で生まれたが3歳の時父の仕事の関係で小樽に移ったのであまり思い出は多くない。

旭川は北海道第二の都市で軍隊の大きな部隊の駐屯地であった。今は旭山動物園が多くの観光客をひきつける町になっている。旭川は上川盆地という大きな盆地の中心にあることから、夏は暑く冬の寒さは日本一である。記録によれば明治に零下41度を記録したことがあるらしい。また降雪日が多いのもこの極寒の地の特徴である。

小学校に入る前から時々旭川の祖父や祖母のところに一人で鉄道に乗って遊びに行った記憶がある。雪国では急行列車は蒸気機関車が二台連結で雪を蹴散らして走行する様が子供心に勇壮で格好いいと思った。祖母は留萌という漁港の網元の出身で私を特にかわいがってくれたが昭和28年58歳で病死した。その後祖父は隠居して一人で住んでいた。祖父は長男が離婚したため子供を二人引き取って養っていた。私はこのいとこと仲が良かったから時々旭川に行って祖父の家に泊まった。ある時祖父と一緒の布団に寝たことがあったが、祖父が私を押しのけて寝たため私はたちまち風邪をひいてしまった。祖父は申し訳ないと思ったのか私の両親に電話して謝っていた。とにかく寒い毎日だった。零下30度は経験したが、外に出ると水気を含んだものは瞬間凍ってしまう。鉄製品にさわるとなぜだか知らないが手がくっついてしまう。まつ毛や鼻の孔も息を吸うとくっついてしまうのだ。トラックの車両のエンジンが寒さでかからないとき運転手はスコップにガソリンを乗せ火を付けてエンジンの下に入れ温めていたものだ。

当時60代の祖父は旅館の当主だった時から様変わりに男手ひとつで二人の孫の面倒をみていた。朝起きると祖父は寒気が身を割くようななかひとりで分厚い丹前を着て薪ストーブに火を起こす。新聞紙に火をつけ雁皮という白樺の樹皮に火を移し薪を焚くのであるが暖まるまで時間がかかるので子供たちは重たい掛布団の下で丸まって暖かくなるまで待っている。雪が降った朝は孫たち全員で雪踏みや雪かきをする。旭川は一度に降る雪の量はあまり多くないので20から30センチの降雪の時は道をつけるために長靴で雪を踏んで固める。祖父は黙々と朝ごはんの支度にかかり、ごはんと味噌汁を作ってくれていた。

私が大学に合格したのを一番喜んでくれたのは祖父で当時住んでいた札幌まで出てきて祝福してくれた。後年母から祖父の事を聞くことがあった。高等師範を出て教師になりその後家業の旅館を継いだ。子どもは5人いたがあまり教育に熱心ではないどころか、相当の遊び人で地元でも有名だったというから少し驚いた。そう聞くと祖父の人生は波乱の大きいものだったと思うが別代になって亡くなった。私はそれから旭川に帰ることはなくなった。

# 自然に老いる

課題「壁」２０１６年３月

男も女も年をとれば容姿が衰えてくるのは仕方がない。私も最近頭の毛が薄くなり目がかすみ耳が遠くなっただけでなくすべての筋肉がたるんできた。私のみてくれは若いころより悪化しているのは確かで、口の悪い人に言わせればハゲ、チビ、デブの三拍子揃っているらしい。そうだからといって私の評価が悪くなったとも思わない。人間年とって良くなることもあるのだと思っている。知識は確かに増えているし、いろんな修羅場や経験を踏んでいるから若いころと比べて動じないし、幅広くものが考えられるようになった。

人の老い方はそれまでの人生の過ごし方によってそれぞれ異なり個性的だと思う。
定年前は会社のために自分を犠牲にして働いていた。仕事の達成感はあったが自由に生きていたかというとそうではない。やはり組織人間であったし色んなしがらみの中で生きてきた。定年を過ぎてから私自身の物の考え方や生き方に変化が生じてきたのは当然の事だと思う。

人との付き合いに関してもこれまでは嫌いな人とは距離をおいて、できれば会わないようにしてきた。その様な人との間に壁をつくっていたが、最近自然の流れのなかで人との出会いを拒まないで積極的に話をするようになってきた。エッセイ教室に行くようになったからだろうか、客観的に物事を観察するようになってきた気がする。嫌いと思ったり、面白くないと感じていた人のなかに入って話をしてみる、話を聞いてみる。その結果どうして嫌いなのか分析してみる。そんなに悪いやつでもなさそうだ、結構おもしろいやつだと思うことがあり、私との壁がだんだん低くなってくることがある。

先日ある私立大学の公開講座で経済学のコースをとった。若い先生たちは右肩上がりの経済成長や経済発展の要因などの技術的な点に関心があるようだった。私は「我々の消費生活の水準はかなりの水準に来ているし、人間の生活をよくするための学問なら、もっと人間の幸福とは何か、貧富の差がどうして拡大したのか、文化的に高い水準の生活はどうしたら出来るのかを考えたほうがいいのではないか」と言ったら「今後の課題にしたい」という返事だった。その後経済学の講座はなくなったようだ。私自身も年をとって考え方が変わってきたのかと思った。

自由な時間を持ち、好きなことをできる環境は一番望ましいことなのでそれを無駄にしないで自由な発想と行動をしてみたいと思う。私達団塊の世代は経済的にも、社会的にも恵まれて良い時代に生きてきてラッキーだなと思う。今の若い人には申し訳ないけどもう少し肩肘はらずにのんびりとしていたい。そして自然体で、静かに老いを感じ楽しんでいきたいと考えている。

# シカゴ出張

課題「空港」２０１６年４月

「今回シカゴ出張にご一緒させていただきます。よろしくお願いします」と早野氏が挨拶にきた。私は10年ほど前ニューヨークで銀行系金融会社にいたが早野氏は副社長である。

早野氏はとっつきにくいところもあってプライベートでゴルフや飲みに行ったことはなかった。前任者からの引継ぎでは上司にかみつくことがあるとかで要注意だということだった。彼はプロパー社員で本社からきていたが、銀行からきた上司との間での確執があった。

ニューヨーク郊外のウェストチェスター空港からシカゴのオヘア空港行の飛行機に乗った。早野氏は隣の席に座っていたが、正直言って彼と話をしてもあまり面白くはなかったので寝ていたらそのうちシカゴに到着した。早速お客の所に向かい商売の話も済んで夜の会食も無事に終わった。その日は飛行場の近くのホテルに泊まり翌日午前中の飛行機で帰る予定だった。

翌日朝食をすませてオヘア空港に行くとニューヨーク行きの飛行機が待機中になっていた。昨晩からニューヨークでは雪がかなり降ったらしかった。ターミナルはニューヨークへ行く客でごったがえしていて客の動きがあわただしかった。ウェストチェスター空港だけでなく他のニューヨークの空港も降雪が多かったため発着が制限されていた。その後フライトはキャンセルされたので客は他のフライトに乗り換えようと探しまわっていた。当時この空港は飛行機の発着数では世界一であり、広いことといったら半端じゃなかった。我々二人は荷物を持ってあっちのフライト、こっちのフライトと航空会社のターミナルを走り回って探した。私はこれらの人でこれから数日間は切符の取り合いになるのではと思った。早野氏と二人で連泊するのもかなわないと思っていたが、この日は疲れ切っていた。早野氏は「今夜はシカゴに泊まるしかない」と言って昨夜と同じホテルを予約してくれた。ホテルで何もすることがないから退屈だった。だからといって早野氏とシカゴの街に遊びに行く気も起らない。それでも腹は減ってきたので近くのステーキハウスを見つけ行くことにした。早野氏も一緒に行った。シカゴは肉の本場で旨いステーキレストランが沢山あった。ワインとステーキはそれなりに楽しめた。早野氏もワインを飲んだせいもあってか、顔を赤らめながら少しずつ自分の家族のことなどを話しだした。彼には三人の子供がいて上の男の子は二人とも米国の大学を卒業し、外資系証券会社の香港と日本に勤務していた。

娘はボストンの大学の学生であった。子供達のことを考えニューヨーク郊外に家を買って住みたいと言っていた。

シカゴでの三日目はさすがに疲れたが朝食後すぐに空港に行きニューヨーク行きの便を探した。案の定皆満席でウェイティングリストは長かった。どこかの地方都市経由でもなんでもよかった。するとかなり離れてはいたがスチュアート空港へ行く便に空きがあるのを見つけてすぐに飛びついた。その飛行機に乗って昼過ぎにやっとシカゴから戻った時は全身の力が抜けるくらいほっとした。私は早野氏に「ご苦労さん、とんだ経験だったが面白かったよ」と言って別れた。彼とは三日間行動を共にしたせいか以前よりは親近感が湧いていた。

それから何年か経って退職した後、私はニューヨークに遊びに行く機会があった。たまたまその飛行機のなかで早野夫妻に出会った。彼は退職後ニューヨーク郊外に家を買って住んでいた。彼は懐かしがって「ニューヨーク滞在中に是非自宅に寄ってくれ」と言ってくれたが残念ながら寄ることは出来なかった。私は早野夫妻がアメリカで上手くやっている様子を感じとり嬉しかったのを覚えている。

# 晴れ舞台

課題「ホール」２０１６年5月

人間年をとってくると同じことを繰り返し言うようになるらしい。母が私に言う。「お前もう少し痩せたほうが良いのじゃない。長生きしないよ。父さんは退職後なにもしないで食べてばかりいたから早く死んでしまったんだよ。お前も何かしたほうがいいよ。」

このセリフはここ数年母に会うたびに言われ続けている。

私の母は92歳で新浦安のケア付きマンションに一人で住んでいるので時々様子を見に行く事にしている。食事の時はエレベーターを使わずに四階から一階の食堂まで階段を歩いて行く事をまだ自慢しているから元気なほうだと思う。母は過去に10年位朝早く起きてごみ掃除をしながら近隣を散歩していたおかげで浦安市からも感謝されたし足腰も鍛えられたという。私が母のところに行くときはケーキのような甘い菓子を持って行き、ただ話を聞いているだけである。母は私が行くとほとんど一人で三時間くらい話し続ける。耳が少し遠くなってきたせいなのか話すことが優先なのか、私の言うことはあまり聞いていないようなので私は努めて聞くことに徹している。母はそれなりにまともなことを言っているし、理解力もあるから認知症ではないが、同じことを何回も繰り返して言うことが多くなった。また昔あったことを最近の事の様に言うのが目立ってきた。親孝行だと思って繰り返しや矛盾をはらむ母の話を忍耐強く聞いている。

母の話が佳境にはいってくると決まってテレビに出たときの話になる。「この年で歌を歌ってくれというからしょうがないので一曲歌ってやったよ。声はまだ出るし、歌詞も三番まで覚えているからね。」確かに母は長唄や三味線の名取になった後、歌謡教室で歌謡曲を長いあいだ歌っていて、森光子の「三時のあなた」に出演したり、宴会や歌合戦などに出ていた。母が一番の晴れ舞台として印象に残っているのはあるホールの舞台で歌ったことで昨日の事のように言うのだ。「桂小金治の司会で市川昭介さんがピアノを弾いてくれたよ。森昌子が横で応援してくれたしね。」これは事実である。しかし小金治も市川さんもとっくに死んでこの世にいない。本人の頭の中では昨日のように映像が残っているらしく自慢げに話をする。私はそれは35年前の話だよとは言わずに「それはすごいね」と相槌を打つことにしている。この話の後は決まって「お前も銀行やめたなら何かやった方がいいよ。さもないと父さんのように早死にするよ。」と言うのが口癖。私に言わせれば父は確かに仕事人間、無趣味だったが77歳まで生きたのだから早死にでもないと思う。母は強気で言う。「私は１００歳まで生きるからね。そこまで生きれば何も言うことはないよ。」

こういう話を聞かされて、私は「母はまだ元気だ。」と安心して帰り支度をはじめる。

「母さん、また来るよ。元気でね。」と言って席を立った。母はエレベーターホールまで見送りにきた。エレベーターが来て私は乗り込み一階のボタンを押した時、母は急に「敬礼」と大声で言って右手を耳の横につけた。私ははっとしたが母は戦時中青年監視隊にいたのを思い出した。さすがに敬礼を返すのは恥ずかしかったので軽く頭を下げ目礼した。エレベーターの扉が静かに閉じた。

# 「お相撲やろうよ」

課題「相撲」２０１６年６月

「グランパ今日は！」という元気のいい声が玄関で聞こえると私は〝さあ、来た〟と身構える。孫たちの襲来である。孫はいつの間にか四人になった。女の子が三人、男の子が一人いる。孫たちの誕生会やクリスマスなどのパーティーは私の家でやることになっている。最近はそれ以外に「お泊り」と称して、親たちが子供を一泊で預けていくようになった。パーティーとなると当然両親も来るわけで私達夫婦をいれて十人となる。子供たちがくると静かだった我が家は突然賑やかになり、愛猫のトト君も恐れをなして隠れてしまう。彼らがくるとまず家の向かいにある公園に連れていくのが習慣となっている。外でいい加減遊び疲れると今度は部屋で遊ぶ事になる。すると「グランパお相撲しよう」と子供たちが口をそろえて言ってくる。和室に行って最初は一人ずつ相手になる。私は断然強い。最後は三人が作戦タイムと言って何やら相談している。そして一度に三人を相手に相撲をとることになる。ここでは三度に一度はわざと負けるのがコツである。最後私が負けるとグランパに勝ったと彼らの機嫌はよくなり、疲れる肉体労働は一応休みとなる。

私の小学校時代は体育の時間によく相撲をしたものだ。私は担任の先生に勝ったのを今でも覚えている。

先日男の子の敦也をつれて国技館に大相撲を見にいった。二階席だから臨場感はあまりなかった。敦也は5歳のくせに大人びていて幼稚園の始業式の時、先生に「だんだん暖かくなって春めいてきましたねえ」と挨拶をしたらしい。私は生ビールとシュウマイを買って、敦也には飲み物とポップコーンを買ってやると喜んで食べていた。

「敦也、シュウマイ食べるか?」と聞いた。

「いらない」と言った。

「どうして?　シュウマイ好物だろう」と聞くと、

「今お相撲に集中しているから」

私はひとりでシュウマイを食べビールを飲んだ。また敦也に話しかけた。

「相撲取りになってみないか?」と冗談に聞いてみた。

「いやだよ」

「どうして?」

「だって裸になるのは恥ずかしいし、相撲取りは皆太っているからいやだよ」

そして敦也が言った。「グランパが相撲取りになればいいじゃん」

私は敦也の真似をして「太ってるからいやだよ」といった。

「もう太っているじゃないか」

「……」

「グランパなら横綱、大関はむりだけれど平幕の下端なら勝てるんじゃない」と敦也が言った。私は無言でビールを飲み干した。


妻と話すことがある。「あと何年彼らは来てくれるかなあ、中学校に入ったらもう来ないかもしれんなぁ。」子供たちが来るときはお馬さんをやらされても、相撲でわざと負けても子供たちの喜ぶ顔をみると楽しくなる。

九時頃子供たちはいっせいに帰っていく。「ご馳走さま、またお相撲とろうね。グランパ」

という言葉を残して。私は孫たちが帰るときは内心ホッとするが、「また来てね」と言いながら彼らを見送った。外は暗闇に包まれていて静かだった。

# 猫のいる暮し

課題「扇風機」２０１６年７月

私は犬の方が猫より飼い主に忠実なのでかわいいと思っていた。６年前に猫を飼ってしまった。アメリカンショートヘアの茶色の猫である。トトという名前をつけた。飼いだして数年たつと体重は普通の猫の倍くらいの10キロになったから、腹の肉がたるんでて決して格好良くはない。人懐っこい性質の猫と聞いていたが、確かに外ではだれでもすり寄るし、犬にも平気で近づいていく。先日も散歩に来たミニチュアダックスフントに近づいていくと、犬のほうが怖気づいていた。名前を聞くと偶然にもトトという。やはり同じイタリア映画をみてかわいい少年の名前をとってつけたらしい。他方トトは飼い主でも抱かれるのはあまり好きではないようである。猫とは自分の都合の良い時はすり寄ってくるが、人が呼んでも知らん顔することが多い。これが猫の習性だと思っていた。

数年前からトトと私の関係が少し変化してきたように思う。犬は明確に私の家族に序列を決めてそれなりの対応をしていた。トトも最近は私を主人だと思い出した節がある。

トトは何か不満があると妻にかみついたりするので、妻の腕にはかみ傷が絶えなかった。

しかし私にはかみついたりしない。午前中は私の後ろについてまわり鬱陶しいくらいである。洗面所、新聞とりに行くときは顔色をうかがうようにしてついてくる。そのあと二階の書斎に向かうがやはりついてくる。私がPCに向かうとキーボードにのってくる。その時はお茶目な目をして申し訳なさそうにキーボードに寝そべっている。最近もう一台PCを買ったので何とかなってはいる。午後は書斎はじめいくつかの決まった場所で昼寝をしている。

夏の暑いときは階段の踊り場などの比較的涼しいところにいるが、扇風機はあまり好きではないようである。ベランダの戸を開けてやると網戸越しに入ってくる自然の涼しい風に気持ちが良いようである。また庭に出て木陰で涼んでいることもある。

夜になると毎日私のベッドに入ってくる。暑い夏の夜などは邪魔なので時々けとばしてやるが、また上がってきて私の脚を枕にして寝ている。一年ほど前にトトに気兼ねしてベッドの端に寝ていたら深夜に寝ぼけて落ちてしまった。腕の打ち身で2週間病院に通うはめになった。朝は目覚ましのように7時半になると私の脚を甘噛みして起こされる。

最近深夜に帰宅すると、以前にはなかったのだがトトが玄関に迎えに来るので、頭をなでてやる。このような時はトトと私の距離が縮まってきたように感ずる。
トトとのかかわりが我々の生活のリズムになってきたが、私も妻も老境にはいってきたので私たちとトトはどちらが先に逝くだろうかと心配になってきたこの頃である。

秋風に縁側の猫スッと立ち　　実

# 暑気払い

課題「夕涼み」２０１６年8月

「夕涼み」という題をもらった時に私が最初に思い出したのは黒田清輝の「湖畔」だった。

芦ノ湖の湖畔に腰掛け、浴衣を少しはだけて団扇を持っている若い婦人の絵である。少し前の日本では、家の前に縁台を出して瀬戸物の蚊取り線香の置き台、浴衣姿に団扇を持って座り、煙草を吸いながら麦茶かビールを飲む姿がよく見られた夏の風景である。その人が女性なら絵画に描かれたかも知れないし、男性なら俳句の対象となって「夕涼みよくぞ男に生まれける」（其角）と読まれることになった。今はこのような姿は都会ではほとんど見ることはない。私達を取り巻く生活環境が変化したためである。日本の伝統や昔からの日本人の意識の中にはまだそのような〝景色〟を見て涼さを感じ、風鈴や朝顔の花に一服の涼を求める気持ちがある。季節のほとんどない国の人や、クーラーをいつもガンガンかけて暮らしているアメリカ人などはこのような自然と共存する日本人の生活や内面は理解しづらいものがあるに違いない。

涼を求める日本人の心情を表す言葉に「暑気払い」というのがある。これは私達酒飲みには実に都合の良い言葉で〝今晩、暑気払いにいこうか〟と言えば相手は直ぐに理解してくれる。春は花見で一杯、夏は暑気払いで一杯、秋は味覚の秋で、冬は忘年会、新年会と楽しみが多い。

だいぶ昔の事だが、職場で暑気払いをしようということになり、宴会部長の私は北品川の船着き場で見かけた屋形船を手配した。当日仕事もそこそこに20人くらいの男性だけで船に乗り込んだ。船は古いし、奥のほうで船頭がテンプラをあげるらしく暑苦しい感じだった。船はゆっくり岸を離れたのだが周りは運河の倉庫街だからこれまた情緒を感じるどころではなかった。しかし日本酒を飲んで揺れる船のせいでいい気持ちに酔うのには時間がかからなかった。

船の従業員で料理を運ぶ役割の若い女性がいた。早速カラオケセットを取り出し、最初から彼女とデュエットをした。私は当時相当ストレスが溜まっていたのだろうか、はたまた幹事として会を盛り上げようとの責任感からか、いつもより飲んで騒いだ。会の途中までの事しか覚えてなくどうやって船から降りたのか記憶にない。家に帰るまでの間に脚をぶつけたらしく傷跡は今でもある。その時の私のゆでだこみたいな姿の写真が私の書斎に置いてあったが、ある時娘とその友人がその写真を見て「この写真のおじさんは誰？」と聞いた。娘はちょっと考えた後「知らない、よそのおじさんみたい」と答えたらしい。

私はロサンゼルスに住んでいたことがあるが、海岸にあるシーフードレストランで太平洋の夕焼けを見ながらよく冷えたシャドネーを飲み風にあたるのが好きだった。

あれは当時の「夕涼み」だったかもしれない。

涼風や黙して二人ロゼワイン　　実

# エッセイ教室

課題「組織」２０１６年9月

エッセイ教室に入って2年半になる。この教室を一つの組織体と捉えて、組織論的に教室のあり方を考えてみた。第一に組織の目的である。カルチャースクールであるエッセイ教室の一義的目的はエッセイの書き方を学ぶことにある。これは教室に参加している人達の共通の目的でなくてはならない。人によってはそれ以外の目的を持っている人もいるかもしれない。友人を作ること、教室の講師や参加者から知識や考え方を学ぶこと、さらに放課後の飲み会を楽しみに来ていたり、単にボケ防止の為に来ているかもしれない。しかし共通の目的はあくまでエッセイについて学ぶことに違いない。

組織は持続的に存続しなければならない。そのために講師の講座の進め方に我々は協力し貢献しなければならない。毎回エッセイを提出し、他の人や講師の批判や指導を受ける。指名された時は積極的に自分の意見を述べ講座の進行に協力する。私も微力ながら多少の貢献をしようと、教室での議論を基にしたマニュアル的なものを作成してみた。教室で出版しているエッセイ集の作成にも協力していこうと思う。このように組織の維持、発展の為に他の組織員と一緒に協力し貢献することが必要だと思う。

この組織は風通しの良い組織でなければならない。カルチャースクールは参加が自由であるから風通しが悪くて雰囲気が悪いとやめていく人が多くなる。そのためには円滑なコミュニケーションが必要である。講師と参加者、参加者同士の円滑なコミュニケーションがうまくいっている教室は明るい雰囲気で楽しく教室の目的を達成している。その様な教室は定員一杯の受講者がおり、長い期間講座が維持、運営されている。

カルチャースクールに一般的な問題点もあり、私達はそれに留意しなければならない。例えば数十人の人が集まるとどうしても幾つかのグループができたりして、最悪の場合グループごとが反目しあうことがある。また長い期間続いている講座では長く在籍している人達と新しく入ってきた人達との間に溝ができることがある。講座は習い事的性格があるため熟練したり、才能の違いもあって上手い下手が最初は出てくるが、皆一生懸命努力している事をお互いが認め合い、助け合う気持ちが必要である。カルチャースクールに参加する人達のキャリアや事情はまちまちである。だからあまり自分の過去の身分や経験にこだわると教室としての一体感が出てこない。講座の目的のために皆心を一つにして協力しあい、みんなが目的を達成することが望ましい。

下重暁子エッセイ教室では先輩方が皆親切で多くのことを教えてもらった。講師も方針が明確で、受講者の意思を尊重し公平な指導で人望がある。教室の風通しもいいので居心地はいいと思う。教室が終わった後の飲み会はインフォーマルで情報も得られる。また教室内の俳句の会が始まったが指導者の努力もあって非常に楽しく俳句の勉強ができて評判がよい。

私はこのエッセイ教室は上手く運営されている組織体だと思っている。

## 負の遺産

課題「遺産」２０１６年11月

「社員は悪くありません、悪いのはすべて私達です」。野沢社長が涙を流して記者会見をしていた姿は今でも目に浮かぶ。四大証券会社の一つ山一証券は１９９７年11月に破たんした。日本のバブルの崩壊と社内の不正行為により大きな損失が生じてしまった。野沢社長の会見は賛否両論あったが、当時不祥事に関して率先して行った誠実な謝罪会見は印象深かった。野沢社長は４か月前に社長になったばかりで、就任当時は前社長や会長から２６００億円にものぼる簿外債務の存在を知らされてなかった。この負の遺産の事実を知った野沢氏はプロジェクトチームを作って何とか山一を再建しようとしたが、銀行、大蔵省から見放され自主廃業となった。

私が大学にいたころあるパーティーで知り合った女性に呼ばれて自宅を訪問したことがある。モデルをやっていた彼女は着物姿で出迎えたが父親はいなかった。「父は今会社（山一証券）が大変なの。だからこのうちにも住めなくなるかもしれない」と彼女は私に打ち明けた。山一は１９６５年にも経営不振で日銀特融を受けて再建中で、彼女の父親は常務だった。

　その後山一は持ち直したが、法人関連の業務に強かった山一はニギリと呼ばれる運用利回り保証を行い、バブル崩壊により損失が大きくなり「とばし」という損失隠しを行った。野沢氏はずっと営業の第一線にいてこのようなことは知らなかったらしい。社長になって突然知らされた時はビルの八階から「このまま飛び降りてしまいたい」と言ったので側近達はその後緊張状態だったと聞いた。後年、野沢氏はあの時の涙は「会社をなくしてしまった口惜しさと、一万人に及ぶ社員や家族のことを心配した涙でした」と言っている。その後野沢氏が社員の再就職の為に奔走したという話は有名で関係者の同情を集めた。

　私も長いサラリーマン生活のなかで様々の不正や事件に遭遇してきた。マスコミにふれたのは金額が大きい損失事件や社会的に影響の大きい事件である。最近の事例でも、東芝の粉飾決算、三菱自動車のデータ不正問題など経営者がからむ事件が多い。山一事件の後、会社のガバナンスやコンプライアンスが重要だとの認識が高まり、体制作りがなされてきた。また日本の伝統的な体質を生み出した終身雇用や年功序列は企業風土のなかに、経営者や上司に反対意見したり、飛び越えて告発したりすることは難しいという状況を作り出した。そもそも企業のなかで内部統制を監視するのは監査役、会計監査人、社外役員などであるが往々にして形骸化して癒着や仲良しクラブ的になっている場合が多い。

経営者の犯罪や間違った判断は時には会社の存続を揺るがし、社員、株主、顧客などに大きな損失や被害を与えるから一番深刻である。経営者としての倫理観、資質を有する人がなってほしいが、性善説に頼るのは危険だと思う。人間はどこでどう変わるか分からない。

従って経営と監査機能の完全分離が必要なのではないかと思われる。

野沢氏はその後も元社員の面倒をみたので今でも多くの人に尊敬されて慕われている。幾つかの会社の経営にも参画し活躍されている。ところであの時の常務の娘さんはその後どうしているのか、ふと気になった。

# お月様とツキ

課題「スーパームーン」２０１６年12月

11月14日は満月でスーパームーンと呼ぶらしく、この日は月が一年で最も地球に接近する。２０１４年にあったスーパームーンはウルトラスーパームーンと言って18年周期で起こるらしい。しかし両者の違いはたかが数百キロでしかない。通常地球との距離は40万キロぐらいだが35万キロに近づくと言われて実際観察してみたが、比較するものがないからよく分からない。むしろ日常感覚からすれば月が登り始めた時と天空の真ん中にある時とは大きさに差があると感じる。しかしこれは錯覚によるものらしい。

月は西洋では占星術や占いの対象になっているようだ。太陽暦が導入されてから一月に二回満月がみられるようになり、欧米ではブルームーンと呼んで願い事をすると叶うという言い伝えがある。日本では昔から歌や俳句に詠まれたり、おとぎ話のなかに出てくる。

都会の空は様々な照明の灯りで天体観測が難しくなっている。たまに澄んだ冬空に満月が出ると見上げることはあるがあまりロマンチックな気分や感傷的になることは私の場合ほとんど無い。宇宙船に乗って月に人が到達し歩いたりする画像を見たり、月の土地の販売の話を聞くと月と地球の距離を問題にしても始まらないし、花鳥風月としての月の地位は下がっているのではないかとさえ思ってしまう。最近歌の歌詞でもあまり見かけないし「月がとっても青いから、遠回りして帰ろう」とも思わなくなってきた。だからせめて俳句のなかだけでも自由に月を詠むことができたらと思うのは私だけであろうか。

話は変わるが私は今でも月に二回麻雀を楽しんでいる。前に勤めていた銀行の先輩や海外にいた時の仲間と毎月会い酒を飲み、会話しながらゲームを楽しむ。麻雀というゲームは実力とツキ（運）が半々のゲームで自分が強いと思っていてもツキが無ければ負けることになる。手先を動かし、相手の顔色をうかがいながら適切な判断を素早くやるのはとてもボケ防止に良い。海外勤務をしていた時はニューヨークでもロスでも日本人のおばちゃんが雀荘を開いていて、手作りの家庭料理をサービスしてくれたから私達はストレスの発散と料理を楽しみに通っていた。

最近妻が麻雀から帰ってくると戦績をチェックするようになった。勝った日はお土産を買って帰るが、負けると疲れた顔をして帰る。負けが込んでくると、妻は「そろそろボケてきたんじゃないの。カモにされているんだから辞め時じゃないの」と厳しいことを言う様になった。私も疑心暗鬼になって、ネットの麻雀ゲームをやってみたり、時には神頼みをすることもある。明日は麻雀の日だからお月様に「どうぞツキますように」とお願いしてみようかと思う。

## シンガポールのディスコ・クイーン

課題「メール」２０１７年１月

シンガポールのSさんからメールが来た。彼女は癌に冒され治療中だと言ってきた。8年ほど前の私がニューヨークを離れる直前の事だった。メールをもらう一年前に病気でアメリカを離れ、シンガポールに帰って検査を受けるという話は聞いていた。その時は癌と知らなかったが今回の知らせは私もショックだった。彼女は結婚していて、夫はカリフォルニア工科大学の物理学の研究者でロサンゼルスに住んでいた。

私は彼女と16年前に知り合った。彼女はシンガポール大学を出た優秀な女性でアメリカの大手IT機器メーカーの営業主任をしていた。美人で頭が切れる人だった。私は当時ある会社で、この米系会社と共同で会社を作り業務提携しようと画策していた。米国、香港、シンガポールから先方の専門家が集まり、その前で私が我々の提案についてのプレゼンテーションを行った。彼女もその中の一人でシンガポールから参加していた。

数日間会議は続き、夜の接待は場所を変えながら案内した。一緒に酒を飲みながら我々は打ち解け、会話が弾んだ。そして仕事はうまくいき独占契約を結ぶことができた。あるときSさんは二次会で踊りに行きたいといった。彼女は26歳で聞くところによるとダンスが上手いということだったので六本木のベルファーレに連れていった。彼女は踊りのシューズと衣装を変えてきた。身長170cmのスレンダーは格好良く音楽に乗って踊ったから、来ていた人の注目を集めるのに時間はかからなかった。私は彼女にシンガポールのディスコ・クイーンというニックネームをつけた。その後私がアメリカに転勤になった時、彼女は米系の大手半導体メーカーの要職にあったが、私達にビジネスをくれたり、さまざまな便宜を図ってくれた。そしてNYに出張で来た時は、日本酒が好きだったので宴席をもうけてやった。彼女は酒を飲むと顔が桜色になり色っぽかったのを覚えている。

その後のメールでは、癌が見つかった年の3分の2は、放射線治療と化学治療を並行して行って一時良くなったので、また彼の元に帰り南カリフォルニアの景勝地を旅行し、人生を楽しんだと書いてあった。しかし病気の状況がまた悪化して検査と放射線治療が再び必要になりシンガポールに帰ったとの事だった。そしてメールの最後に私の事を思い出すと書いてあった。私は心配になり直ぐに返事のメールを書いた。

「Sさん、私もあなたの事を思い出します。あなたと一緒に働いた時、お酒を飲んだ時の事を今懐かしく思い出しています。どうか放射線治療が上手く行って、よくなるようにお祈りします。そしてどうぞ私の夢をかなえてください。あなたとまたお酒を飲んで楽しく話をするという私の夢を。」

私は涙をこらえながら書いたこのメールを彼女の回復を心から祈って送信ボタンを押した。

彼女からその後一度だけ季節のカードを受け取ったのを覚えているが、病気の事は何も言っていなかった。癌は治ったのだろうか。ご主人の元に帰ったのだろうか。知りたい事はたくさんあったが、正直メールを送り消息を訪ねるのが怖かった。クリスマスカードさえ送るのが怖かった。だから思い出だけを胸に秘めて、そっとして無事を祈るしかないと思っている。

# 父の小さな贅沢

課題「贅沢」２０１７年2月

たまに昔の記憶がフラッシュバックしてくることがある。冬に雪が降るとなぜか私と父が坂道の多い小樽の町の坂になった道路で橇に乗っている。ほぼ65年前の光景であるがなぜか雪が降る景色を見ると思いだすのだ。

当時父とよく出かけた記憶がある。出かけると手をつないで歩いたが、父の手は大きくて柔らかく温かかった。父はその時きまって私の手を強く握ってくる。私も強く握り返して何回かそのようにしながら歩いた。特に話すわけでは無かったが、行先は会社の事務所だったりローカルな野球場だったりした。昭和27年頃はたいした娯楽もなく父は野球が好きで実業団対抗野球を見にいった。戦争中の話はたまにしていた父だが、「軍隊は規律が厳しく食事は質素で、ご飯と味噌汁に沢庵だけだった」とか「食事、入浴、点呼すべての動作は素早くやらないと殴られた」などと話していた。私が小学校に入ってから、その時の影響かどうか、スパルタ式と呼んでいたが躾や勉強に対しては厳しく教育された。私達が中学校に行くようになった頃には日本の復興も軌道にのり、父もサラーリーマンとして順調に出世して家計も楽になってきた。父は真面目で辛抱強い人だった。朝早く起きて英語のレコードを聴いて、ひと勉強してから会社に出かけた。夜の宴会はあまり好きな方ではなく、酔って帰ってくることは少なかった。週末もテレビでスポーツをみるか、書類を出して仕事しているようだった。だから趣味は何だったのか思い出せない。母は父が早く亡くなったのを無趣味のせいだと言うが、青春時代はずっと戦時下であり、特に両親に早く死に別れした父としては生きることや家族を養うことに一生懸命で自分の趣味を見つけたり、楽しんだりする時間は無かったのではなかろうかと思う。戦争中の経験もあまり突っ込んで聞くことは無かったし、特攻の事も父は話したがらなかったように見えた。

そんな父が羽振りが良くなって、「今夜はみんなで外に食べに行こう」と我々を誘うことが多くなった。行先は父が決めるのだがいつも肉料理で、焼き肉、すき焼き、ステーキなどだった。私達も喜んでついていったが、肉は父にとって大好物であると同時に贅沢の象徴みたいなものだった。考えてみれば父はそれまでの人生で肉を腹いっぱい食べたことはあまりなかったのではと思われる。後年父は動脈瘤破裂で入院した。医者の話では余命数か月ということだったので、私は父をリハビリ病院に移して薬漬けから解放してやった。父は脳梗塞の症状も少しあったが、一時的には元気を取り戻した。ある時病院の庭で野外パーティがあり私も様子を見に行ったが、車椅子に座っていた父は私を見つけるなり「実、来てくれたのか」と言って顔をくしゃくしゃにして涙目だった。その日バーベキューの肉をおいしそうに食べていたが、久しぶりに見る父の幸せそうな顔だった。父はそのあと一か月位で亡くなった。父の幸せは一体何だったろうかと思うことがある。自分が苦労しただけに、家族を美味しいものを食べに連れて行き、団らんすることが父にとっての小さな幸せだったのではないだろうか。北海道、冬景色を見て父を想う。

深々と降る雪父の便りかな　　実

# ハワイの春一番

課題「春一番」２０１７年３月

「私達ハワイに行くので一緒に行かない？　ホテル代はこちらで出すから。」と娘から誘いがあった時はちょっと驚いた。普段娘から電話が来るとまたなんかの頼み事かと身構える癖が付いていたからだ。しかもホテルは美知子妃殿下やヒラリーなどが泊まったカハラホテルというからなおさらだった。彼女の連れ合いの善之君はＩＴの会社を立ち上げ一部上場までした有能な男で高知県の出身である。そういえば何となくブーツを履いている坂本龍馬に似ていた。髪は伸びていて無精ひげを生やしてＴシャツ姿が普通の恰好である。ただ趣味のカメラは高知のよさこい祭りの公認カメラマン、またロックバンドをやっていた時はギタ―リストだった。彼に聞いてみると大きな仕事が一段落したから休暇をとって休息したいということと、普段世話になっている両親に恩返しをしたいということだった。これを聞いて私達に反対する理由は無かった。

私は１９７３年に新婚旅行でハワイに行ってその後何回もハワイには行っているが、

当時のワイキキと比べると今はホテルが乱立し人も多くなった。日本人観光客はその後増えて年間二百万人以上にも及ぶ。どこへ行っても日本語が通用し、日本人観光客と出会う。アラモアナショッピングセンターに行ったときに、「あら千葉ちゃん」という女性の声がして振り向くと銀座のママだった。妻、子供と一緒だったのでちょっとどぎまぎした。

娘はとにもかくにもショッピングだった。合計5回は有名なモールに行き買いまくったので満足げだった。私は善之君が経営者として夜遅くまで奮闘しているのを聞いていたから今回の旅行中彼がリラックスできるようにと気を使っていた。2歳と6歳の孫をつれて海岸の砂浜で遊んだり、プールで泳いだりしたが、私自身も楽しかった。夜の食事は彼らの意向を聞いて適当なレストランを探して連れていった。パールハーバーで昔の潜水艦の内部に入った時男の子は興奮気味だったが、私は戦争のことを思い出して何となく居心地がよくなかった。1881年にカラカウア王は日本に立ち寄って明治天皇と会見し、ハワイ移民を働きかけて実現した。またその時美人で聡明な王女カイウラニと東伏見の宮との縁談を申し込んだが日本側はアメリカとの関係や日本人純潔の血を守るということで成立しなかった。もし婚儀が成立してその後のハワイ王政復古が成功していたら、私はどんな気持ちでこの美しい湾に立っているだろうかと勝手な想像してみた。

一週間の予定を終えて私達夫婦は子供達より早くハワイを後にした。その日は珍しくオアフ島にも強風洪水警報が出ていた。ハワイにも春一番があるのかと思った。飛行場から私は善之君に感謝のメールを送ったが、返事が直ぐに来た。

「綾香（2歳の孫）が活発になってきたので二人に来ていただかなかったら大変だったでしょうし、ビーチも食事も楽しむ事は出来なかったと思います。安心して久しぶりの海外旅行を満喫できました。また旅行などご一緒させてください。」

私は帰りの飛行機のなかで今回の旅行の事を思い出すなか、カハラホテルも最高だったが娘の家族と懇親を深めたことが一番の成果だと感じていた。

# サードオピニオン

課題「乗り換え」２０１７年４月

この20年虫歯の治療なぞしたことないと豪語してケアを怠ったつけがとうとう回ってきた。夜に猛烈な歯痛があり七転八倒の痛みで眠れなかった。翌朝家の近くの歯医者に駆け込んだが大した治療もせず薬をぬっただけで様子を見ましょうという事になった。そして「その歯は歯周病だから抜かないといけないかもしれない」と言われた。私はすぐに地域の総合病院に飛び込みでいった。待たされた後にレントゲンを撮り、「一週間様子をみて痛みが続くようなら抜かないとだめですね。」と言われた。とにかく痛み止めを7日分もらって帰った。私はなるべく歯を抜きたくなかった。また10日後に海外旅行の予定があったからそれまでに何とかしたいと焦っていた。

私は二人の歯医者が「歯を抜かないといけない」と言ったので信用出来ずにサードオピニオンをとるべく「いい医者はないか?」と友人に聞いてまわった。茅場町に名医がいるという話だった。その時思い出したのは私の友人で脚本家の桃井章さんが「デンティスト」というタイトルの戯曲を書いておりその医者も茅場町の歯医者だったことを思い出した。早速電話で事情を告げると紹介者から電話が入っていて「明日来てください。」という事だった。翌朝一時間半かけて茅場町に着いた。聞くところによるとその歯医者は東京医科歯科大学出身、トライアスロンの選手で海外遠征もしている女医で通称はカオリンと呼ばれているとの事だった。私は藁にもすがるつもりで正直にサードオピニオンをとりに来た事、10日後に海外旅行に行かなければならないので応急処置をして欲しい事、これから歯磨きを真面目にするので何とか問題の歯を抜かないで治療できないかと尋ねた。

レントゲンを見た後、彼女はゆっくりと話しだした。「歯周病でこの歯の歯茎が下がってきて歯がぐらぐらしてます。今日はこの歯にかぶさっているものをとり、まず神経がどうなっているか調べます。そして膿んでいる歯の応急処置をして、仮の詰め物をしますので3日後にまた来てください。この歯は抜かなくても大丈夫だと思いますが旅行から帰ったら歯周病の治療を続けます。痛みは無くなると思うので痛み止めの薬は出しません。旅行までにはなんでも食べられるようにしてあげます。」この明快な説明に私は心強く感じ往復三時間かかろうがこの医者に乗り換えようと決心した。実際「神様、仏様、カオリン様」と呟きたかったくらいだ。30分の間に症状の判断と治療方針の説明、すばやい治療、患者への納得いく説明をして安心させてくれた。最後に桃井章さんの話を持ちだすと話に花が咲いて親密感が湧いた。

翌日には歯茎の腫れはひいていたし、あれほど痛かったのが嘘のようで爽快な気分だった。私は安心して旅行にでかけ、帰ってきてから土産を持ってカオリンの所に行った。

「先生、おかげで楽しい旅行になりました。これ歯には悪いけど、ハワイのチョコレートとクッキーです。」女医は「よかったですね。ありがとうございます。」と笑顔だった。

先日かかりつけの内科医に血圧を計ってもらいながら、この歯科医の話をしたら「千葉さん、私に紹介してくれない？」と聞かれたので「紹介状書きましょうか。」と言ってやった。

# コンバーグ婆さん

課題「椅子」２０１７年5月

彼女は苗字がコンバーグと言った。名前はよく覚えていないが可愛らしい名前だったと記憶している。その名前で呼ぶのは気恥ずかしい気がしたので苗字でミセスコンバーグとよんでいた。何しろ彼女は当時80歳近くだったのだから。私は１９７９年にロンドンの銀行にトレーニーとして一年間派遣された。ロンドン郊外の下宿の女主人がコンバーグさんだった。彼女はユダヤ系のオーストリア人でウィーンに夫と息子と三人で住んでいた。第二次大戦時、ドイツが侵攻した時夫は彼女と息子の目の前で銃殺されたのだった。そこまで聞いた時あまりにも悲しい話なので私は絶句してしまい突っ込んで聞くことができなかった。それから彼女はイギリスに亡命して英国籍をとり、息子も近くに住んでいる。下宿人用の部屋は二部屋あっていつも日本人が下宿していた。大森実や美智子妃殿下が結婚前に一時この下宿にいたという話を聞いた事がある。彼女によると日本人はおとなしくて清潔だから好きだと言ったが、大森さんはあんまり好きではないと言っていた。

私は外で食事して8時頃下宿に帰る毎日だったが、それから彼女が作ってくれるミルクティーを飲みながら二人で話をすることが多かった。ウィーンに住んでいたせいかバレーやオペラが好きで、当時ロンドンにはテレビの民間放送は一局しかなかったが彼女はいつもBBCの音楽やバレーとニュース番組を見ていた。当時ソ連がアフガニスタンに侵攻する事件があったが彼女は野蛮だと非難していたのを思い出す。趣味は読書で文学や演劇の本を読んでいたが、私が帰るときトーマス・マンの本をお土産にもらった。彼女は自分の考えを持っている人で自分流の生活パターンを頑なに繰り返していた。朝食は決まっていた。ニシンなどの魚のムニエル、卵料理、若干の野菜とライ麦の硬めにトーストしたパンが一枚にミルクティーだった。彼女の息子夫婦は物静かなカップルで訪ねてくると二言三言、話をして母親が元気なことを見届け、私にも挨拶して帰っていった。

滞在中に妻と三歳の長男を三か月間呼び寄せ、アービーロードの古いマンションの一室を借りて住んだ。オーナーはハンガリーから亡命したユダヤ系の歯医者だった。彼は三か月ブラジルに行くというので部屋を借りたのだが、驚いたことに家具や調度品は皆骨董品のようだった。壊しはしないかと恐る恐る住んでいた。家族が帰り私のロンドン滞在も残り少なくなったが、その時コンバーグさんは80歳の誕生日を迎えたので、日本レストランに連れて行きお祝いをしてあげた。彼女は外出用の恰好をしていた。古いヨーロッパの婦人らしく飾りのついた帽子をかぶって楽しそうだった。私が帰国する直前にあのハンガリー人から電話がかかってきた。化粧台の絹でカバーした椅子にインクの染みがあるから弁償しろとの電話だった。私が判断に窮しているとコンバーグ婆さんは状況を察し、私から受話器をとると大声で言った。「ミスター千葉は高い賃料を払っていたのだからそのなかでやりなさい。」と簡潔に言って電話機をガシャと置いた。彼女は毅然として小うるさいハンガリー人を非難していた。私は文句をいうのも断るのも英国に亡命してきた人で、逞しいとも面白いと思った。その後2回ほどロンドンを訪れる機会はあったが、コンバーグ婆さんとは会えずじまいだった。

# フランケンシュタインの変身

課題「薬」２０１７年６月

　１９８３年ロサンゼルスの金融市場で働いていた時、銀行間取引の仲介をする金融ブローカーのモリース・ヒッキーという男と出会った。彼は１９０㎝以上の背丈で顔はフランケンシュタインに似ていたが、そう言うと彼は怪訝な顔をした。大柄な体格に似合わず、静かな物腰でジョークを飛ばす陽気な面もあり日本人派遣員から人気があった。

　彼は酒が好きで飲んだ翌朝必ず電話してきて「ミスター千葉、エゴマだ」と言っていたが、エゴマとはパナマの方言で二日酔いということだった。彼と親しくなって有名なレストランの食べ歩きをしたり、ハリウッドやマリブの豪邸を借りてのパーティに呼んでもらった。とにかく若さに任せて私達は飲んで食べて遊んだ。彼は私より10歳位若かったから当時の彼らのハチャメチャぶりはすさまじかった。仲間のひとりが結婚するというのでバッチャラーパーティーで酔った新郎になる男を無理やり飛行機に乗せ結婚式に間に合わなかったという話を聞かされた。

しかしその後、宴の報いが彼を襲った。以前からあった肝臓の病気が悪化して医者から厳重に注意され薬も処方された。彼の許嫁はシンディといってこれまた大柄だが結構美人で頭が良かった。彼女は医者の資格を取ったあと、法律の勉強をして裁判官になった。モリースとは違ってインテリでいつも勉強していたから、私なぞ悪友のひとりとみられていたのだろうか、彼女と会ってもあまり愛想良くなかった。ある時シンディはモリースに告げた。

「私と本当に結婚するつもりなら、お酒を断って」と。あの大酒のみの彼がそれから食事に行ってもミネラルウォーターしか飲まなくなった。私がいくら勧めても頑として飲まなかった。そして痩せてスマートになった。シンディの薬がここまで効くとは私も予想しなかった。いまでは私も一緒にやめていればよかったと思う事がある。

私は4年あまりのロス駐在を終えて帰国することになった。モリースは私の送別会を盛大にやろうと言ってくれた。当日の夕方、世界で一番大きなヨットハーバーであるマリナデルレイから大きなクルーザーが私や日本人とアメリカ人の友人50人くらいを乗せて静かにすべりだした。夕焼けが美しかった。船上では小さな楽団が音楽を奏でウェイター達がお酒や食べ物をサービスしてくれた。女性と男性が半々くらいで写真をとったり談笑したりしていた。夜の帳が降りるころロス湾をゆっくり周回する船からの夜景が素晴らしくいまでもその景色は瞼に焼き付いている。

「人生最高の時をありがとう」とモリースに言うと彼は微笑を返した。

その後〝フランケンシュタイン〟はさらに変身を遂げた。シンディと無事に結婚したあと40歳を前に引退した。そしてユタ州のソルトレイクシティ近郊に引っ込んでしまった。彼らには子供がいなかったのでアジア人の子供を数人養子にとり平和に暮らしている。

## 不思議なデンティスト

課題「料理」2017年7月

「いろいろお世話になったので一度飲みにいきませんか。ご馳走します。」

「ありがとうございます。でも私は8月まで忙しいんです。」

「わかりました。それでは8月になったら行きましょう。お酒はいける口だとは聞いてますが、どんな料理が好きですか。」

「私はステーキなどより焼き鳥に目がないんです。特に軟骨やモツが好きです。」


いつも私は診察台の上でだらしなく口を開くと、「もっと口を大きく開けて。」とか「ちゃんと歯磨いてる?」とか言われたり、もっと痩せなくちゃとか歯に関係ない事まで言われている。この歯科医の前では私は言わばまな板の上のちょっと腹が出た鯉のようにいいように料理されているのだが、患者と医者という立場からすればやむを得ない。小柄で筋肉質な歯科医はトライアスロンに凝っていて、日本全国に遠征にいっている。彼女に言わせれば「歯科医とトライアスロンは私にとって車の両輪みたいに両方なければならないものなんです。」ということらしい。医者の収入で遠征費用を賄ってるのは分かるが、医者をやる上でトライアスロンはどう関係してくるのか、なぜこのようなハードでストイックなスポーツをやるのか。私は尋ねてみた。「あなたにとってトライアスロンはどのような意味があるのですか。」「それは私にしか分からない事です。いわばあなたが歌を歌う事に時間とお金を使っているように、それはあなたにしか分からない事であり同じかもしれません。」

一種の禅問答みたいな事でよく理解できなかったばかりか、何が彼女をそうさせるのか不思議な女性だという感を強めたので酒を飲まして聞いてみようと思ったのが誘いの真の理由であった。恐らく〝デンティスト〟という戯曲をこの人をモデルにして描いた桃井章さんも同じように感じたのではないかと思った。彼は材料を仕入れるためインタビューを何回もしたらしい。

私は想像を逞しくしてみた。育った場所は大都会ではない。家庭では堅い仕事に従事していた父に厳しく育てられたに違いない。そして歯学専門学校を出た。いま50代半ばだと彼女は言った。結婚はしていないと思われる。過去に男性との付き合いは当然あっただろうし、結婚しようと考えた事もあったのではないか。しかし何らかの事情があって結婚できなかった。非情な、不幸な事があったかもしれない。そこまでは聞く事は出来ないかもしれないが、そのような事がストイックな彼女を作り上げたのではないか。彼女は誰が何と言おうとトライアスロンを辞める事はないと思われる。非常に意思の強い人である。

8月まで私は妄想を逞しくして、あれこれと質問を考えている。どうやって彼女に真実を話させるか、果たして私の想像は正しいのだろうか。あくまでも紳士然と、相手に失礼のないように聞き出すのは難しい事だ。酒は相当強いらしいときいているので心してかからないとだめだと思っている。

# 「パンダパス」

課題「鉛筆」２０１７年８月

最近孫たちとスケジュールが合わない。夏休みに入ったにもかかわらず皆が空いているのは数日しかないという。孫は４人いる。一番上は12歳の春香で来年私立中学受験だから塾の夏期講座があり、忙しいらしい。８歳の凛子は姉が受験だから付き合わせられていることもあるが、バトミントン、水泳などに通っている。７歳の敦也は受験勉強を経て今年私立の小学校に受かったが、やはり複数の塾のような所に通っている上に嫌いな水泳やピアノをやらされている。２歳の綾香も週一回保育園に通っているが比較的暇なので会いたいと思えば会えるがこちらが疲れるからあまり行かない。これらのスケジュールは皆母親が決めているようであり、私はそれについて正面切ってとやかく言わない。誕生会などで会った時に「私の子供の頃は幼稚園が足りなくて行けなかったし、公立の小学校や中学校に通って塾などは無かった。放課後や休日はもっぱら空き地で野球をしたり、女の子とママゴトをして夕方まで遊んでいた。森の中に入ってサンショウウオを採ったり、木のみをとって食べたりして、自然と接する機会が多かった。今の子は遊ぶ機会が少なくて可哀想だ」とつぶやくが母親たちは聞いてはいないようだ。

孫たちだけが私の家に泊まりに来る時があった。その時は母親に禁止されていることを自由にやらせている。例えばテレビの漫画を見ること、ゲームセンターや映画館に行くことである。またアイスクリームなどの好きなものを食べさせてやっている。別に子供たちの気を惹きたい訳では無く、普段抑制されている彼らの生活から一時的に開放してやって、のびのびと楽しんでいる姿をみたいからだ。

ある時孫たちに日記を書いてグランパに見せて花丸を貰ったら好きなものを買ってやると提案したら遊びに来ると直ぐに日記帳を見せるようになった。母親によると子供たちは鉛筆をなめなめ一生懸命書いていたとのことである。中には色鉛筆で絵日記にしている子もいた。８歳の凛子はマメに短い日記を多く書いていた。その結果ディズニーショップで「好きなものを買っていいよ」と言ったらお姫様ドレスを選んできた。12歳の春香は毎日は書かないが何かあって書くときは長文の日記を書いていた。褒美は彼女の好きな小説本を何冊か買ってやった。７歳の敦也は学校にも日記を提出しており、それを持ってきた。先生のコメントや花丸が既に書いてあった。「欲しい物はなんだ？」と聞くと「パンダパス」と躊躇なく答えた。パンダというのは私の事で、私の背中に乗ってロデオの真似をすることである。それをいつでもリクエスト出来るパスが欲しいというのだ。２歳の綾香はまだ字が書けないが、将来何を言ってくるか楽しみにしている。

孫達と遊んだり、揃って旅行や食事をする機会はこれからだんだん少なくなるのはしょうがないと思う一方で寂しくもある。せめてパンダになったり相撲やトランプで相手になってやり、彼らの成長を見守りたいと思っている。

# 「時間よ、止まれ」

課題「時計」2017年9月

「時間よ、止まれ」と彼が大声で言ったとき、一瞬会場がシーンとしたのを今でも覚えている。ほぼ60年前の事だから記憶は薄れているのだけれど、私と彼は札幌市の同じ小学校にいた。私は6年1組代表、彼は6年7組代表で、最終弁論大会の一騎打ちだった。私の演題は「チリ地震津波に想う」、彼の演題は覚えていないが発明家で有名な「トーマス・エジソン」の話だった。彼とは寺島実郎氏である。三菱商事にはいり今は多摩大学の学長をしている。結果から言うと寺島君が優勝した。彼は今でもテレビで時事問題の解説をしているが、小学生のころからあんな顔で落ち着いていたし弁がたった。彼の弁論を聞いた時、これは負けたなと内心思っていた。当時彼は私に「チリ地震津波か、思いつかなかったけどタイムリーだね」というようなことを言っていた。

正直言ってなぜ彼が弁論のなかで「時間よ、止まれ」と声を高めて言ったのか、文脈は覚えていない。しかし私はエジソンの生涯や特に彼の名言をもう一度調べてみたくなった。エジソンは１８４７年、ちょうど私の生まれる１００年前に生まれている。１３００もの発明や技術革新を行った。それも高等教育を受けた訳ではなく、小学校を退学され独学で研究を行った。彼の特徴は、発明のための研究に時間を忘れて没頭することだった。周りの人は「エジソンの研究所の時計には針が無い」と言っていたようである。また考え事に熱中している時、妻に「君は誰だっけ?」と質問し、妻を怒らせたこともあった。彼は34歳でメアリーと最初の結婚をするが、ほとんど家に寄り付かずメアリーは体調を崩し早死にした。二番目の妻は大実業家の娘ルイスミラーで、モールス信号でプローポーズして結婚し、三人の優秀な子どもが生まれた。

エジソンの名言は沢山あるが有名なのは「天才は１%の閃きと99%の汗」である。天才といえども努力が必要なことを言っているのだが、１%の閃きが無い人は99%努力しても無駄だと解釈する人もいる。また彼は自分の利益を守ることに熱心でもあったので、訴訟を厭わなかった。そのため「１%の閃きと99%の訴訟」と揶揄する人もいた。

「私は失敗したことがない。ただ一万通りの、うまく行かない方法を見つけただけだ」「常識という理性を綺麗さっぱり捨てることだ。もっともらしい考えの中に新しい問題の解決の糸口はない」これらの言葉はいかにも科学者らしさを感じるが、また「自分は18時間働くことにしている」とも言っている。

寺島氏の弁論の「時間よ、止まれ」はどのような文脈で出てきたのか。エジソンが研究に没頭していて何か新しい閃きがあった時、もう少し時間が欲しい、時計の針が進むのを見て叫んだ言葉ではないだろうかと推量している。エジソンは84歳で亡くなったが、80歳を過ぎてもなお「私にはまだやらなければならない仕事がある。少なくともあと15年は働かなければならない」と言っていた。私はエジソンとは別の意味で「時間よ、止まれ」と言いたくなるときがある。年をとってから時間が経つのが早すぎるのだ。しかし私にもまだやらなければならないことが幾つかあるのだ。

# なぜ墓参りするのか

課題「墓」２０１７年10月

彼岸に妻と娘と、妻の実家の墓に行くことになった。横浜にある寺の墓地には多くの人が来ていて、線香の煙と花で一杯だったが、江戸時代から続く墓石は名前も読み取れないほど風化していた。妻ですら名前の知らない先祖代々の墓である。昔風に言えば、家長は妻の姉だが男の子二人に子供がいないので無縁墓の心配をしている。私の家は北海道だから両親の先祖の墓は旭川にあるが行ったことはない。都会に人口が集中し核家族化、少子化などで継承を前提とした墓のシステムは時代に合わなくなってきているようである。

「お墓にお参りする意味はなんだろう?」と娘に聞いてみた。少し考えて「先祖を敬い、感謝すること。」という答えが返ってきた。妻は「ご先祖様に会いに行ける場所があった方が良いし、自分も癒される。」と言った。

「人は死んだらどうなるのか?」という問いは難しく宗教者ですら上手く説明できな

いが宗教における死生観はそれぞれ多様である。「復活」を信じる宗教は遺体を焼くことは禁忌であり、他方肉体は単に霊魂の入れ物に過ぎないと考えれば遺体は火葬が許される。

1700年頃に寺請制度が始まりお寺の檀家になることで、その寺の僧侶が葬式を行い、位牌、仏壇、戒名といった制度が確立したらしい。それ以来仏教徒でなくても仏式の葬儀や墓参りは私達の慣習となった。今の世代は結婚式はキリスト教会で行い、子供の七五三などの儀式は神式、葬儀は仏式が多い。つまりほとんどが無宗教であり、葬儀の意味合い、墓参りの意味合いなど普段はあまり考えたことも無いのが実情ではなかろうか。

私自身は今どう思うのか、考えてみた。死生観については、正直なところ何もない、復活も信じていなければ、あの世があるというのもピンとこない。したがって死んだら土葬でも火葬でも子供達がやってくれるだろうと思っている。墓については、父が亡くなった時に、富士山の麓の公園墓地の一角を母が確保していた。身体が弱って墓参りの出来ない母の要請で年に何回か墓参りし証拠写真を母に見せている。これから無縁墓が急速に増えてくる。先祖に感謝し、敬うのに墓はなくてはいけないのだろうか。最近ネット墓なるものが出てきた。コンピューターに向かって手を合わすのだ。

葬儀も簡略化、安上がりの葬儀が増えてきた。私も直葬と言って余計な儀式は執り行わず、火葬のみ行う葬儀を選びたい。２０１３年の調査で、関東の葬儀の20％は直葬だったらしい。

無事墓参りも終わり私達は墓をあとにしたが、空を見ると見事な秋晴れで何となくすっきりした気持ちになっていた。私は「今日の空のような青い海に散骨されるのも悪くないな。」と言ったら、娘が「ちゃんと遺言で残しておいてよ。」と小さな声で言った。

デパ地下で牡丹餅買ひて彼岸かな　　実

# 「さらばじゃ」

課題「毛皮」２０１7年12月

明治になって、政府が北海道開拓使を置き北方の守りを兼ねて北海道開拓を行った。屯田兵制度ができて主として東北地方から多くの人が北海道に渡った。その後、北前船の関係もあって北陸地方からの移民が多くなった。母方の祖父笹岡一永の父は石川県から渡道したと聞いた。そして旅館、永楽館を始めた。非常に厳格ながら商売が上手な人と母が言っていた。旅館は皇族の指定旅館となり、内地からくる芸能人もいて、一時旅館は繁盛した。母によれば皇族との商売はあまり割が合わなかったという。料金は一定で、注文が多く旅館の入り口も皇族用に作らされたという。

祖父一永は札幌の師範学校を出て教師をした後、旅館の経営にあたったが、戦後、私の物心がついたときは既に旅館はクラブ「スイング」に変わっていた。祖父はクラブの経営をシベリア帰りの次男に任せて引退して、留萌の網元の娘である祖母とのんびり暮らしていた。

祖父の部屋は一階の奥にあり祖父は真ん中にデンと座っていつも煙草をふかしなが

らお茶を飲んでいた。その居間には頭付のヒグマの毛皮が敷いてあった。当時私は5歳くらいだったが熊の顔や手の爪を見て怖がっていた。毛は堅くてごわごわしていて座っても気持ちのいいものではなかった。来る人は「このあいだ大雪山でヒグマを見た。」などと言っていた。祖父は孫を見ると、ふざけて口に含んだお茶をプーと吹きかける癖があって、私達はキャーと言って祖母の背後に隠れるのが常だった。祖父も祖母も孫の私を可愛がってくれ、無尽の集まりについていったり、ばん馬（砂の上を馬橇で走る競馬）にもついていった。そのうちクラブ経営もうまくいかず売られてしまい、祖母が癌で昭和28年に亡くなった。祖父は旭川郊外に一軒家を買って一人で住んでいたが、長男が勘当され、離婚したことから二人の子供を引き取り育てることになった。男手ひとつで、お手伝いもなく、寒い旭川で二人の子供を育てるのはさぞかし大変だろうと子供心に思っていた。このころ私達は小樽に住んでいたが、時々一人で蒸気機関車の引く汽車に乗り祖父の家に遊びにいった。祖父と一緒に寝かされるのは嫌だったが、祖父の手作りのカレーライスは美味しかったのを覚えている。

後年ネットで知り合った広島の人の母親が、昔旭川に住んでいたので永楽館を知っていると言った。旅館の経営者も知っているといったので、聞いてみると「あなたのお祖父さんは遊び人で有名で着流しで町を闊歩していた。」というので驚いた。その時の祖父の生活からは想像もつかなかったので、早速母親に聞いたら否定はしなかった。

その後、私達家族は札幌に引っ越したのだが、祖父は母に葉書をよく書いていた。独特の字体で、いつも最後に「さらばじゃ。」と書いてあった。私はひとり東京で下宿しながら高校に通った。大学に合格したので、札幌の両親に報告しに帰った時、祖父が急きょ旭川からお祝いを持って札幌に来た。「よくやった、よくやった。」といって嬉しがっていた。

祖父は一度だけ東京に出てきた。その時は私の家族も東京に住んでいた。しかしこれが祖父と話した最後で、今や94歳の母の記憶力も目立って衰え、だれにも祖父の事を聞くことができなくなってしまった。

# 息子の単身赴任

課題「イルミネーション」２０１８年１月

私と妻は息子の案内で香港のビクトリアピークにあるレストランで食事をして、夜景を眺めていた。香港の夜景はビクトリアハーバーからシンフォニーライツという13分間の光のショーも綺麗だし、山の上から眺めるのもまた良かった。

息子は今単身赴任で香港に来ている。２回目の香港駐在であるが、最初の駐在は12年前だった。その時、息子は日本人でやはり現地で働いていた女性と親しくなった。そして子供が出来て、後に結婚した。最初にその話を聞いた時、私は急な話であり子供が出来たと聞いて大変驚いたが、ニューヨークにいたので直ぐに会いにいくわけにもいかなかった。メールで相手の女性の事や本人の気持ちなどを確認したのだが、日本語だとなんだか聞きにくくて英語でやり取りしたのを覚えている。妻はいつも息子の側にいるのだが、この時も私より冷静で、出来たんだから仕方がないという感じだった。後になって二人の写真が送られてきたがビクトリアピークの夜景を背景に楽しそうに写っていた。この時息子からプロポーズしたのだった。香港で生まれた女の子は春にちなんで春香と名づけられた。私達は孫の顔を見に香港に行ったが、その時は夜景のイルミネーションを楽しむどころではなかった。

結婚して6年ほどたって二人目の子供が出来た息子はベトナムに転勤になったが、嫁は発展途上国では二人のまだ小さい子供を連れて行きたくないと言って、息子に同伴しなかった。私は現役の時にどこへ行くのにも家族を連れていった。アメリカが多かったので家族も行きやすかったというのはあったが、娘が苦労して私立中学に入って3か月しかたっていなかったがニューヨークに連れていった。今から考えると彼らのためにも一緒に行って良かったと思っている。そのような経験があるので、嫁が息子と一緒に行かないと言ったときに違和感を覚えた。

そんな事もあって息子と嫁の関係はしっくりと行かなくなったように見える。息子は優しい性格で、嫁は2歳年上で気の強いタイプである。最近はさらに二人の間に隙間ができているように思うのだが、息子はいまだに嫁の誕生日にプレゼントをかかさないところをみるとまだ愛情があるのであろうか。孫の春香も二人の関係の変化に気が付いていて少し心配顔だった。そのことで息子と話をしたことがあるが、二人の子供がかわいいので何とか上手くやっていきたいという。所詮夫婦の間の事は他の人には分からないし、本人同士で解決していくしかないと静観することにしている。

去年息子は2回目の香港勤務となった。嫁は私達が危惧した通り、今回もついて行かなかった。長女の春香が中学受験だという理由だった。

息子は寂しそうであったが、勝手知ったる香港なので一人で行く決心をした。そして今回私達は息子の誘いもあり香港に出かけたのだった。確かに香港の夜景は美しく写真を撮りまくったが、ふと私は息子がこの夜景を見る時、12年前のプロポーズを思いだすのであろうか、なにを思うのだろうかと考えた。息子の顔は少し疲れていて、心なしか影があるように感じた。

# 赤い靴

課題「童謡」２０１８年2月

昭和48年、岡そのさんという初老の婦人が「野口雨情の「赤い靴」に書かれた女の子は私の姉です」と投書した。北海道テレビの記者は数年かかってその女の子の事を調査し、実在を突き止めた。

女の子は岩崎きみと言って１９０２年に日本平の麓、静岡県清水区で生まれた。母親は岩崎かよ、父親は不明だった。未婚の母としてきみを育てていた。私生児という事から世間の風当りは厳しかった。そしてかよは、きみをつれて函館に渡った。かよは函館で鈴木志郎という男と結婚した。その後かよ、きみ、鈴木志郎の三人は、北海道真狩村（今の留寿都村）にユートピアを求め入植しようとした。そこには社会主義結社平民社の「平民社農場」があり新しい農場の建設が行われていた。しかし当時の北海道開拓は想像を絶する厳しさで、さらに北海道の寒さなど厳しい自然環境を考えると病弱な「きみ」を連れて行くのは困難である。かよは悩み抜いた末に、なくなく函館のアメリカ人宣教師ヒュエット夫妻にきみを養女として預ける決断をした。

農場経営は数年で破たんし、かよと鈴木志郎は北海道を転々とした。１９０７年（明治40年）に鈴木は札幌の「北鳴新報」という新聞社に入り野口雨情と会い親交を深めた。

雨情は鈴木からきみの話を聞いて「赤い靴」の詩の原型を書いたとされている。

3歳で親と別れ、外人の養子となったきみは6歳の時に結核にかかった。アメリカ人宣教師夫妻が任務を終えて帰国する時に、きみは麻布にある鳥居坂教会の孤児院に預けられた。しかし病は回復せず、１９１１年9月15日の夜、母かよと会うこともできずにひとり寂しく古い木造の二階で病気に苦しみながら亡くなった。９歳の短い人生を終えたきみは青山霊園の鳥居坂教会の共同墓地で眠っている。

母親のかよは「赤い靴」の歌は野口雨情が作ってくれた歌と知り、〝赤い靴はいてた女の子…〟とよく歌っていたそうだ。しかしその歌声は子供を手放した後悔があったのだろうか、どこか悲しみに満ちていたとのことだ。かよさんは生涯、きみちゃんがアメリカ人と一緒に、外地で幸せに暮らしていると信じていた。娘きみが亡くなったことは知らずに亡くなったことは彼女にとって救いだったのではないかと私は思う。かよは昭和23年に「きみちゃん、ごめんね」という言葉を残して64歳で他界した。

私は「かよときみの母子像」を見に日本平に行った。この母子像は母親が娘を養女に出すときのもので、親子の別離の悲しい様子が伝わってきて胸を打つ。特に女の子の目を見ていると涙を誘われる。ほんとに赤い靴を履かせたか分からないが、私はかよが餞別として娘に新しい赤い靴を履かせたものと信じたい。

野口雨情と本居長世の作った童謡で「青い目をしたお人形」とこの「赤い靴」は戦時中、敵性音楽だということで歌うのが禁じられた。雨情は疎開先で極貧のうちに亡くなった。

童謡「赤い靴」

野口雨情作詞
本居長世作曲

赤い靴履いてた女の子
異人さんに連れられて　行っちゃった
横浜の埠頭（はとば）から　汽船（ふね）に乗って
異人さんに連れられて　行っちゃった

今では　青い目に　なっちゃって
異人さんのお国にいるんだろう。

赤い靴　見るたび　考える
異人さんに逢うたび　考える

生まれた　日本が　恋しくば
青い海　眺めて　いるんだろう
異人さんに　たのんで　帰って来（こ）

（この5番目の歌詞は昭和53年に発見されたものである。）

# 変わってきた冬季オリンピック

課題「スケート」2018年3月

北海道出身の私は、小さいころからスキーやスケートには親しんでいたので、平昌冬季オリンピックは興味があった。今回の日本選手団は123人のうち54人が北海道出身で、東北など雪国出身をいれると92人になる。やはり北国出身者はウインタースポーツに有利であり、強い。細かく見てみると、北海道でも道北や道央の雪が多い地域（札幌や旭川、稚内など）は多くのスキーやジャンプの選手を輩出している。他方道東の北見、根室、帯広などのあまり雪は降らないが気温が低くなる地域でスケートの選手が多く出ている。

北海道の子供は5歳くらいになると初歩的な装置をゴム長靴につけて、スキーやスケートで遊ぶ。一年のうち5か月はそのような環境で暮らしていると当然に下半身は鍛えられ、また雪や氷に親しみ、知識を身に付けている。住宅街の近くには夏は畑になっていた斜面は冬にはスキーのゲレンデに変わる。池は天然のスケートリンクになる。

今回初めて入賞した女子カーリングのチームは全員北見出身と聞いたが、「北見は何にもない町」という彼女らにとって流氷や厳しい寒さに慣れ、親しんだ環境はカーリングに適した場所だったに違いない。

スケートといえばオランダが強いが、オランダには多くの運河があり、冬に全面凍結する。家族でスケートを楽しむのだが、ある調査では4歳から12歳の子供達の7割がスケートが出来るらしい。

子供のころスケートをしていたが、フィギュアスケートは女の子のものと考えていてもっぱらスピードスケートに熱中していた。今やフィギュアスケートは都市型のスポーツとして屋内施設のあるところで行われている。北海道ではリンクは天然のものがあり安いので敢えて屋内施設を必要としなかった。今回のフィギュアスケート選手の中には北海道出身者はいない。

私はフィギュアスケートはあまり見ないが、最近は何回転するかということに注目がいき、限界を試しているかのようである。あの羽生選手ですら足首を骨折するのだから、そこまでやる必要があるのだろうかと思ってしまう。スケーティングの美しさや表現力を争う方が見ていて楽しい気がする。またスキーもモーグル、ハーフパイプ、エアリアル、ビッグエアなど私達と馴染みが少ない競技がどんどん増えている。いったいあのサーカスの芸人みたいな事をして競うのは、オリンピックの競技種目としてはいかがなものかと思う。危険でけがが多いのは想像に難くないし、素人が見てても何が技なのかよくわからない。またそれらの競技を行うような施設は特定の所にあり一般的ではない。実際やってる人は海外の施設で訓練したり、お金がかかるスポーツになっており競技人口は圧倒的に少ない。

オリンピックを取り巻く問題はいろいろありそうだ。特殊の競技のために多額の費用をかけても終わったら誰も使わずに老朽化してしまう設備。放映権のからみだろうが、風の強くなる深夜になぜジャンプを飛ばなければいけないのか。また今後温暖化で競技を開催するのが難しくなってくる場所もありそうである。今回、無事に終わったのを考えるとなんだかホッとしてしまう。

# メタボからデラックスへ

課題「薄着」２０１８年４月

「太った人を〝メタボ〟というのはやめて、これからは〝デラックス〟と呼ぶ事にしたらどうだろう。」と玉村豊雄さんが言っていたが全く同感だ。私は健康診断の度に腹をつままれて、看護婦に「はい、メタボ」と言われ続け、恥ずかしい目にあってきた。
私だって20歳の時はボディービルディング部に所属し、毎日鏡をみて、ポーズを決め筋肉美を自慢していた。そのころ極力、薄着で体の線が見えるようにしていた。その時の体重は57kgであった。それから半世紀、体重は着実に増え20kg増加した。今やボディビルの面影は全くない。だから極力厚着して腹を隠すようになった。教室のある人はこの状態を「ミートテックを着ている」と表現したが、座布団一枚だ。（ユニクロ社のヒートテックという肌着をもじったもの）
日本では男性の腹囲が85㎝以上を「メタボ」という。アメリカでは腹囲では言わない。それ以外の項目が沢山あり、腹囲だけでは決められないという理由である。
アメリカでは多くの人種の人間が住んでいるから、体格は異なり腹囲の標準は決めにくい。ラテン系やアフリカ系のアメリカ人の肥満は凄まじい。日本人の肥満なぞかわいいものである。私もアメリカにいた時は、「そんなに太っちゃいない」と言われていたものだ。確かに白人はダイエット志向の人が相対的に多い。特にトップの経営者達はそうである。

ある痩せたアメリカ人から「千葉は相撲取りみたいだ」と冗談交じりに言われたが、彼はダイエットして、出張にはジムで着る運動用の服を携帯する人だったが、残念なことに50代で他界した。

私は自称グルメで、自分の食べたいものは基本的に自分で作る。酒もたしなむ。バブルの頃は積極的に接待の仕向け、被仕向けに応じ、美味しいものを沢山食べた。日本の経済成長のお陰である。運動といえば散歩は一時間くらいするし、ジムにも時々通う。ダイエットのサプリメントやテレビの通販で買った健康器具は10種類くらいにはなる。それでも痩せない。玉村豊雄さんは言う。「もう古希を過ぎたのだから、好きなものを我慢せずに食べて、太めのままで死んでいくことに決めた」と。私はこの言葉を聞いて玉村さんが好きになった。彼のワイナリーは行ったことがあるが、エッセイ集があれば読んでみたくなった。

それに最近の医学的調査では太めのほうがかえって長生きするというデータもあると聞く。

施設にいる95歳の母親を訪ねた。彼女は昨年大腿骨を骨折し手術を受けたが、その傷のいえないうちに、肺炎を起こし再度入院した。結局40日くらい入院していたが58kgあった体重は48kgという彼女の理想的体重に減った。身軽になった彼女は元気になり歩行器は使うものの颯爽と施設内を歩き回っている。

そして、私を見るなり言った。

「私は百歳まで生きることに決めた。お前も体重を落とさないと私より先に逝ってしまうよ」

私は黙って施設を後にした。

# 2038年

課題「スマホ」2018年5月

私は勤めていたあるメーカー企業をクビになった。今ではメーカーなどの多くの部署にロボットが入り、仕事の効率を上げている。20年前と比べて単純な作業を中心に60％の仕事が機械にとって代わられた。これは人口が減少し高齢者の人口の比率が高い日本としては止むを得ない流れだと考えている。新しい会社に勤務することになりシステムの販売を行っている。連絡、報告、相談全てコンピューターやスマホで行い、会社の事務所はあるが、実際働くのは自宅でも、喫茶店でも、どこでも良いことになっている。最近このような働き方が増えたせいだろうか、電車の混雑は大幅に改善された。残業はないけどノルマは当然ある。

私は独身だが、ネットで紹介された女性と付き合っている。以前付き合っていた女性は私のスマホに密かにプログラムをインストールして、私の行動を監視しストーカーをやっていたのには驚いた。監視と言えば、いたるところにカメラが24時間見張っており、そのうちトイレまで監視されないか心配である。まるでジョージ・オーウェルの世界である。

朝起きて郊外にある自宅を出た。クーラーをつけっぱなしで来たことに気が付きスマホでクーラーをオフにした。インターネットでスマホと接続するソフトが入っているスマート家電である。駅の近くで朝の食事をするが決済はやはりスマホ。キャッシュはほとんど持ち歩くことはない。銀行や証券会社の店頭に行くことは、ほとんどない。資産の運用も証券会社にスマホで紹介すれば希望にあったメニューが出てきて、銀行口座からの振り込みもスマホでできてしまうからである。買い物をしようとスーパーに立ち寄ったが、スマホは納豆と牛乳が冷蔵庫にないことを知らせてきた。

いつのまにか携帯電話がミニコンピューターのような機能をもってきた。私達の日常生活はもうスマホがないと何もできないくらいにコントロールされてしまっている。さらに人工知能（ＡＩ）がネット社会に入ってくると便利な反面、問題も多くあるので私は最近不安になることが多い。ＡＩというのは多くのデータ（big data）集め、分析する。そしてパターンや規則性を認識し、自立的に判断するという。そこには個人情報も含まれるのでプライバシーの侵害や人権の侵害はないのか。ＡＩが自律的に判断する以上、どのような過程を経てそういう認識に至ったのか、またどのような判断するか予見することが難しい。人間の常識的な判断を持っているのだろうか不安である。その利用が限られた範囲でなされるのなら、例えば碁とか将棋の対戦などは問題ない。一番心配なのはＡＩが軍事利用されないかである。無人爆撃機、ロボット兵士などのＡＩ搭載兵器は戦争やテロなどに使われると核兵器と同様に恐ろしいものになる。

ロボット秘書は有能かもしれないが、人間の気持ち、感情をどこまで理解し忖度してくれるのだろうか。セクハラは無くなるかもしれないけど、私は秘書は優秀じゃなくとも優しくて、できれば美人の秘書であってほしいと思っている。

昔、スマホは長方形の形だったが今はメガネや時計の中に装備されている。公衆電話もなくなって久しい。私のスマホは今日は２０３８年5月15日と表示している。

# 〝おひとりさま〟

課題「からおけ」２０１８年６月

今日は辛口評論家の妻をつれてカラオケに行くことになっている。私はＮＨＫカルチャーで歌を習っており、発表会のある六月が近くなってきたので練習しなければならない。

昔、カラオケは二次会などで付き合いのため行っていたが、当時歌謡曲は石原裕次郎しか知らないし、うまくなかったので苦痛だった。それに他の人が歌った後「いいね」しなくてはいけないし、デュエットを申しこんでも断られる事があり不快だった。

歌を習うようになった6年くらい前から一人カラオケによく行くようになった。私の場合歌の練習が主な理由であるが、たまには時間調整や読書をすることがある。ほかの人達も歌ばかりでなく、楽器を持ち込んだり、仕事や商談をしたりしている。なかには昼寝をしているサラリーマンもいるとかでカラオケボックスは「万能空間」になっている。

ステージに上がってマイクと照明の前で歌を歌うのは、緊張する孤独な時間である。

伴奏が始まり、どこから歌いだすか、どの音から始めるか私の感性が試される瞬間である。だから一人カラオケボックスで自信がつくまで練習する。ある調査によれば今やカラオケの利用者の約3割が一人カラオケであり、20から30歳の若い人が多いらしい。

彼らにとってカラオケは周囲に自分をアピールする、コミュニケーションの目的から純粋に自分一人で歌うことで楽しみたいという目的に変化しているようだ。またある調査によれば「他人と常に繋がっている状態に疲れて、すべてを遮断して一人になりたい人が増えている」ということらしい。私は一人で行くことに抵抗がないどころか、自分のやりたいことに集中できるのが良いと思っている。20年位前までは一人カラオケは怪しい人に見られ、恥ずかしいので入りにくい場所だった。牛丼屋も焼肉屋もかつては女性一人の客はあまり見なかったが今は堂々と食べにきており珍しいことではない。女性の社会進出や意識の変化で世の中変わってきたのだろうか。アメリカではカラオケはバーやレストランが金曜日の夜などにカラオケタイムと称して客に歌わせているが、カラオケボックスがそもそもないし、一人で歌うというのは聞いたことがない。これは日本的なことなのであろうか。

「おひとりさま」という言葉がある。薬石かおりさんというエッセイストが「おひとりさま向上委員会」を立ち上げ広めた結果２００５年の流行語大賞になっている。

しかしこの言葉の意味が誤解されていると葉石さんはいう。「おひとりさま」は一人で飲食店に入っていく女性、恋人や夫のいない寂しい女性というイメージで受け止められているが本来の意味ではないと言う。

「おひとりさまとは精神的に自立した女性の事です。仕事を大切にしながら、自分だけの時間を楽しみ、なおかつ彼氏とか家族との時間も充実させることが出来る、ゆとりある、柔らかでしなやかな女性をさしているのです」

さてそろそろカラオケに行く時間となったが、今日は妻に一体なにを言われるやら覚悟しないといけない。

## 映画「二十四の瞳」

課題「瞳」２０１８年7月

「十年をひとむかしまえというならばこの物語の発端はいまからふたむかし半もまえのことになる」という書き出しで始まる小説「二十四の瞳」の映画化は、今から半世紀とひとむかし前の昭和29年のことだった。最近懐かしさからもう一度見てみた。

映画は高峰秀子が演じるおなご先生（大石先生）が小豆島の分校に赴任するところから始まる。12人の島の子達との絆が結ばれていく物語だが、時代背景は戦争の色が濃くなる時期で、ほとんどが貧しい家庭の子供達であった。妹の面倒を見る為に学校に来られなくなる子供、修学旅行に経済的な理由で行けない子供、そして売られていく子供。作家の壺井栄も小豆島出身で12人兄弟であった。戦争の結果、大石先生も夫と娘を亡くしたが、12人の子のうち、森岡正は戦死、岡田磯吉は失明して除隊、富士子という女の子は芸者に売られていき、コトエは女中奉公にでて肺病にかかり自殺、など悲惨な人生を送っていた。

貧しい家の男の子達は皆立派な軍人になることを夢見ていた。大石は好戦的な時代の雰囲気にうんざりしていた。当時の子供達との会話である。

「先生、軍人すかんの？」

「うん、漁師や米屋のほうが好き」

「へえん、どうして？」

「死ぬのおしいもん」

「弱虫じゃなあ」

「そう、弱虫」

たったこれだけの会話で大石は教頭に注意された。

「大石先生、赤じゃと評判になっとりますよ。気をつけんと」

昭和10年代は軍国主義一辺倒で、ラジオ放送、新聞、などすべて検閲がなされた。横文字はいけないという事で、ジャズ歌手のディック・ミネは三根耕一という本名に変えさせられた時代である。この映画は反戦映画だと言われるが、なにも肩肘張って反戦を唱えたり、扇動した訳ではない。全くの赤の意味をも知らない一庶民の女性の立場から、自然の感情として戦争を嫌っているだけではないか。それでもお国のために戦うことは常に正しく、違う意見を持つ人は「赤」と呼ばれ排斥された。

私がこの映画を観たのは小学校の頃だから映画の中に出てくる子供達と同年代であったはずだ。もちろん時代は異なるが、当時私はどのようなことを思ったのか。ただ切なくて涙を流しただけだったろうか。戦後民主主義のなかで教育を受けたのだが、子供の頃戦争は悲惨だということは分かっていたが、戦争の真の意味や、戦争時代の真の民衆の姿を教えてもらってはいない気がする。映画の子等と自分の境遇を比較して自分達は幸せだと思っただろうか。確かにまだ貧しい時代で、弁当を持ってこられない子や、日の丸弁当の子は実際にいたから、映画の子等の悲しみを少しは分かることができたし、両親から戦争時代の体験を聞くことができた。はたして今の時代に生きる孫達はこの映画を観て、一体何を感じるのだろうか。あまりにも異なる時代背景に理解不能なのではないだろうか。私はこのDVDを12歳の孫に見せた。感想は「可哀そうな子供達ね」の一言だけだった。

戦争で失明した磯吉が戦後、分教場に戻った大石先生の歓迎会の場面で昔12人の子が先生の家に行ったときに写した写真を触って、「真ん中のこれが先生じゃろ」と指でなぞる。指は実際には少しずれているのだが、大石先生は涙を流しながら、「そう、そう、そうだわ、そうだ」と努めて明るい声で言う。この場面を想像しただけで涙が出てくる。

教え子達は先生を母のように慕っていた。血がつながらなくとも、人間同士の温かい心の結びつきがあったのを教えられた。

# 自業自得

課題「冷房」2018年8月

目に金魚玉風鈴揺れて一夜酒（一夜酒とは甘酒のこと）　実

夏の暑さをしのぐため、日本人は昔から工夫を凝らしてきた。平安時代に清少納言は氷室の氷を使って最初にかき氷を食べたという。鎌倉末期の吉田兼好は徒然草のなかで「住まいは夏を旨とすべし」と夏の暑さ対策に言及している。利休は一日三度の打ち水が暑さに有効だと考えていた。夏に熱い甘酒が良いということで一茶、蕪村も俳句に詠んでいるが、甘酒は夏の季語である。江戸時代に団扇を幾つか羽にして手回しの扇風機を使っていた浮世絵を見たことがある。江戸時代以前の日本人は自然の風や水で夏の涼をとっていた。また視覚、聴覚、味覚など全てにおいて涼を求めた。金魚を鑑賞したり、朝顔で緑のカーテンにした。風鈴や虫の音に涼を感じ、水の中で冷やした西瓜を食べ、敢えて熱い甘酒を飲んでそのあとの涼を求めた。

暑い毎日が続いているが、この暑さは自業自得でもあるのだ。

グローバルでみると、地球表面の大気や海洋の平均気温は100年前と比べて一度程度上昇したと言われている。そして長期的には気温は上昇傾向にあることは一致した見方になっている。それは人間の産業活動によって排出された温室効果ガスが主因だとされている。

このまま放置すれば今世紀末には4度くらい気温が上昇するかもしれないと予測されている。（気候変動に関する政府間パネルＩＰＣＣの報告）

地球温暖化は気温や水温を変化させ、海面上昇、降水量などの変化により洪水、旱魃、酷暑や激しい異常気象を増加させる。そして生態系に影響を与え、農業や漁業を通して人間社会に大きな影響を与えることになる。産業革命以降人間は生産の拡大と生活の便利さを追求してきた。その過程で大量の化石燃料の使用を行い、二酸化炭素など温室効果ガスの増加による地球温暖化をもたらしてしまった。クーラーや冷蔵庫が普及するとボタン一つで快適な生活ができるようになったが、それにより電力の使用量が増えた。発電の為に多くの化石燃料を使うとそれが地球上の気温を上げてしまう。

ＩＰＣＣは今世紀末までにゼロエミッションを目指すとしている。つまり化石燃料の消費をなくすことである。対策はいろいろと考えられている。

エネルギー政策の転換、つまり再生可能エネルギーの普及であり、さらに新しいエネルギーとして水素エネルギーの開発がなされている。また新型蓄電池などエネルギー貯蔵手段の開発も行われている。電気自動車、水素自動車、バイオ燃料などの開発もある。

他方で自動車や電機製品の省エネルギー化の推進も行われている。

江戸時代の一番の暑さ対策は濡れ手ぬぐいでも首に巻いてじっと我慢することだとも言われる。我々も便利さ追求ばかりに気をとられずに、地球が我々の子孫にとって住みやすいものであるように、賢く温暖化に適応していくことが求められているのではないだろうか。

# 父の詫び状

課題「記録」２０１８年9月

去年の暮れ、母が入居している施設から電話がかかってきた。母がベッドから落ちて大腿骨を骨折したので手術するということだった。弟に連絡し、急いで浦安の病院に駆け付けた。母は痛がってはいたものの、意外と落ち着いていたので安心した。手術は上手くいき一週間ほどで退院した。それから三日も経たずにまた施設から電話がかかってきた。今度は肺炎になりまた入院とのことだった。本人も今度ばかりは辛そうだった。

私たちもたて続けの入院で今回はダメかと不安に思ったが、母は10日ほど入院して何とか踏みとどまった。入院生活で体重は10キロほど減ったものの、母の生命力の強さには驚き感心した。

このような事態を受けて施設から、一般居住部屋から介護室に移ってはどうかと提案が出た。

母は今回の件で体は前より弱くなっており、95歳という年齢も勘案して完全介護の介護室に移ることにした。それから私と弟は引っ越しの準備で大変だった。昔の写真や衣類など整理したが、タンスの引き出しの下から預金通帳や証書などがでてきて驚いた。母は以前、預金通帳のことはいつか二人に話すとは言っていたが、病院から帰ってきた後通帳や印鑑、暗証番号などの事は聞いても明確に思い出すことができなくなっていた。

お盆を過ぎたころ施設を訪問した。午後1時頃母は昼食を終え休憩室で他の人とくつろいでいた。母は施設でも最長老のほうだが、病気で痩せたがむしろスッキリして、顔も小さくなったが目立つ皺はなかった。そして思ったより元気にしていたので安心した。母は私たちを見つけると目を輝かせた。私は母の個室に行って持参してきた昔の写真のアルバムを見せた。母の子供のころから4冊にまとめた写真を一つずつ見ていたら不思議なことが起こった。母は70年以上も前の写真を覚えており解説を加えたのだ。この瞬間母の頭のなかでは昔の思い出がフラッシュバックすると同時に、意識が一瞬ではあるがはっきりしていた。

そして「お前たちよくこんな古い写真を見つけてきたね、後は通帳を見つけて整理しないと」と言ったので私と弟は目を合わせた。母の調子が良かったので、施設内の喫茶店にいったが母は大変饒舌でアイスクリームを食べながら話をした。「長生きの秘訣は興味のあることを勉強し、散歩を欠かさないことだ」と私たちに繰り返し言った。そして父が先に亡くなったことを悔やんでいた。父は20年前に77歳で病死していた。二人は助け合い、仲が良かったのだが一度だけ父は出来心から会社の女子社員との浮気事件を起こしていた。私が大学生のころで母と父の喧嘩の仲介をした記憶がある。今回の荷物整理のなかで当時のことが書かれた父の母に対する詫び状が茶色の封筒のなかから出てきたが、いくつかのピースに破られていた。このことは弟には伝えたが母には黙っていた。写真も詫び状も母にとっては今や懐かしい人生の「記録」ではないのだろうか。

　私と弟はまた来ることを母に告げて握手をした後、二人は並んで母に対し気を付けの姿勢で敬礼した。母は敬礼を返すと、周りの介護士さんたちは微笑んでいた。

盆がきて母はまだまだ生きており　　実

# 「見事な女性」

課題「惜しむ」２０１８年10月

「難の多い人生はあり難い」と言っていた女優の樹木希林さんが多くのファンに惜しまれて亡くなった。樹木希林さんはロック歌手の内田裕也氏と再婚したが2年も経たず別居した。ＤＶがあったようだが、離婚を申請したのは内田氏のほうで、樹木さんは逆に裁判所で離婚を無効にした。後年、内田氏は離婚が無効になったことを喜んだ。内田氏は「樹木さんは見事な女性だった」と賛辞を送ったが、実にユニークな夫婦ではあった。

私が大学3年生の頃だから50年前にさかのぼる。両親と私と弟は、代々木にあった外資系会社の東京支店長宅で何不自由なく暮らしていた。父は48歳で運転手付きの車で出勤し、収入も人生で一番多かった時期であった。昔私がまだ小さいころ夫婦喧嘩があると私は母に手を引かれ、家を出ることが数回あったと記憶している。しかしほとんど数日以内には家に戻った。真面目な父に人生の頂点で魔がさしたのだろうか。

父親が浮気をして、高価な腕時計を会社の女性にプレゼントしたらしい。当時から男や女の前でいい恰好をする癖があり、奢ったりプレゼントしたりすることがあったが、今回は金額が大きかったので、カード会社から電話で紹介があり発覚したのだった。私が大学から帰ると母が大声出して泣きわめき、私に説明した。信じていた夫に裏切られたということだった。私は忘れていたが、弟によるとこの喧嘩を収めたのは私だったらしい。母とは話をし、「親父も本気ではないだろうし、男にこのようなことは何回かあるのが普通で、なんとか大目にみてやれないだろうか」と話した。そして父には手紙を書いた。父は内心母から離婚を言われてもしょうがないと腹をくっていた感じはあったようだ。

『今回母さんのショックは大きい。なんとかなだめてみるが、父さんからも謝ってほしい、そして今までのように楽しい家庭であってほしいし、私や弟もそれを望んでいる』

このような手紙を父に渡した。父は母と話をして、詫び状を書いた。それは謝罪と今後についての約束の文言だった。さらに弁護士を通じて相手方と交渉しなんとか無事に収めた。

両親はその後仲良く暮らし、内田氏じゃないけど父は離婚しなくてよかったと思っていたに違いない。父は20年前に亡くなったが、母はいまでも早く亡くなった父のことを惜しんでいる。先日母に会いに行った。そして敢えてあの時のことを聞いてみたのだ。

「母さん、代々木にいたころ親父が浮気したこと覚えているかい？」

「そんなことあったかい？　覚えていないねえ」

私はがっかりした。母が覚えていないことは無いのに、当時の母の気持ちを聞きたかった。

しばらくして母は急にスイッチがはいった。

「子供のことを考えれば、母としての自分はあまり取り乱してはいけない。男にはそのようなことはままあることだと自分に言い聞かせた。そして父には謝罪すること、今後繰り返さないこと、相手側と直ちに決着を付けることを言って話をつけたよ」

とはっきりとした声で、毅然として言い放った。

私はこの時、母が私を見る眼光の鋭さや厳しい口調から、頭の中はあの時に戻っていたと思う。当時母は大声を出して泣きはしたのだが、自分にも納得させ、夫を許したのは、単に子供がいたからではない。母は希林さんと同じに夫が好きだったのだと思った。

# 裸のコミュニケーション

課題「風呂」２０１８年11月

いつの間にか、つれあいと一緒に風呂に入ることが習慣になって40年になる。

結婚当初は新鮮さと愛しさがあいまって始まったものだが、そのころはまだつれあいも私の背中を流してくれる親切さはあった。

その後子供ができ子供を風呂に入れることが多くなったが、子供が小学生になるとまたあの習慣が復活した。私達は一切気にしなかったが、両親が一緒に風呂にはいることを当時子供達はどのように思っていたのだろうか、まだ聞いたことはない。

私が会社勤めで毎晩遅くまで仕事をしていたので帰宅は10時頃であった。

食事は外ですませてあるので、風呂に入って寝るだけであったが、私にとって一緒に風呂に入るのは、今日一日子供達の様子などを聞く時間として重要な時間となった。

娘が結婚して先方の両親と顔合わせをした時に、「二人が仲良く暮らすには夜入浴するとき、一緒に風呂に入った方がよい」と私が言ったら、お婿さんのお母さんは

「善之、よくお話をきいて、参考にしなさい。」と言ってくれた。その後娘には聞いていないがどうしているだろう。

二人の情報交換ばかりでなく、お互いの身体や健康上いいこともある。「最近、また太ってきたんじゃない。」とか「背中に脂肪の塊があるわよ」とか注意してくれる。

一軒家を建てた時は、入浴槽は大きめのを注文したから、二人が入っても楽になった。

孫達が泊まりに来た時は四人の孫が風呂場できゃあきゃあ遊んでいる。そのあと嫁がいようが私達二人で風呂に入る。

子供達が巣立って私達だけの生活が15年と長くなってきた。今でも二人で風呂にはいるが、今は二人で入ったほうが時間やガス代が節約できるからという理由付けに変わっている。もうあまり話をするネタがなくなって夜十時になると「お風呂が沸いたわよ」という掛け声のもと、私はいつもの通りに階段を降りて風呂場に向かうのだが、猫がそのあとをついてくるようになった。猫は一度足を滑らせて浴槽に落ちたのがトラウマになって、入り口のところに座って我々が風呂に入るのをじいっと見ているだけである。

あと何年かしたら、40年近く続けてきた我が家の習慣も新しい意味をもってくるのではないかと考えている。私が浴場でおぼれたり、心臓発作や、滑って骨折したような事が起きたとき、つれあいは私を助けてくれるものと期待している。

　私達のこの長い習慣を友人に話したことがあるが、怪訝な顔をされたり、「ありえない」と一蹴されるのがおちなので今は黙っている。それでも今更止めるわけにもいかず、なり行きに任せている。今夜もそろそろ「お風呂に入るわよ」というつれあいの声がするころだ。

## ランドセル

課題「鞄」２０１８年12月

ジジババが競って探すランドセル　実

ランドセルは季語なのか、歳時記には載っていなかったが夏井いつきさんはテレビ番組で季語だと言っていたそうである。確かに孫のランドセルを買ってプレゼントするのはジジババになってきた感がある。商戦は今や夏だという。入学式の前には品不足になることがあって早めに手配するらしい。１９７０年には六千円だったものが今や五万円くらいに随分値段が上がったものだ。

そもそもランドセルはなぜ小学生のカバンとして一般的になったのだろうかと考えてみた。幕末のころ軍人の背嚢として布製の背負うカバンがオランダからもたらされた。

オランダでは「ランセル（ransel）」というらしい。これがランドセルの語源になったようである。今のランドセルは学習院型ランドセルが原型である。１８８７年

(明治20年)に当時首相だった伊藤博文が皇太子時代の大正天皇に学習院小学校の入学祝いとして箱型の革製通学カバンを献上したのが始まりだといわれる。ランドセルは高価なので普及したのは景気が良くなり始めた昭和30年以降といわれる。我々が小学校に入学した頃だ。私は小学校で最初はランドセルだが4年くらいからは手提げカバンを持っていたのを覚えている。

この「ランドセル」は日本発の商品となり、成田の免税店でも売っているそうである。

職人が手製のランドセルは品質が高く人気があるらしい。英語で「randoseru」と日本語が英語になっている。しかし娘はアメリカでランドセルは使わなかった。アメリカでは教科書は学校からの貸与で家にもって帰ることはなかったし、学生は様々なバッグで通学していた。

娘が学生の頃、私が香港に出張して土産にルイヴィトンのバッグを買ってやったことがある。数年してバッグが壊れたので修理のために日本の店にもって行ったら「お客様、申し訳ありませんがこれは手前どものものではないため修理できません」といわれて赤恥をかかされたと怒って電話してきたことがあった。それ以来安いブランドものは買わないことにしている。娘はその後稼ぐようになって本物を自分で買うようになった。エルメス、シャネル、プラダ、グッチなどのブランドのバッグを集めだした。その時付けたあだ名が「カバン屋景子」である。最近エルメスのバーキンをみて驚いた。店員はいま一番人気ですと言っていたが、二百万円という正札がついていた。

　話をランドセルに戻すと、ランドセルは海外の大人に人気があるようで、ハリウッドの女優が身に着けて話題になったし、昨年はパリのブティック街に日本の会社がランドセルを売る店を立ち上げた。日本のランドセルが近いうちに世界のファッション界で当たり前に見ることができるかもしれない。日本でも銀座の小学校の制服がアルマーニだから、ランドセルがエルメスでも驚かないかもしれない。それにしてもランドセルは春の季語、それとも夏の季語どちらだろうか、気にかかる。

# 恐怖の宗教的体験

課題「教会」２０１９年１月

　数年前の本当にあった話である。友人が首都高で車を運転していたら、大型トラックにぶつけられ車は全損になった。奇跡的に命は助かった。そのあと私は伊勢神宮に行く機会があり、友人から厄払いを頼まれた。私は祭壇に向かって心のなかで「友人が交通事故に遭いましたが、私が身代わりになって、その友人の無事をお祈りします。」というようなことを言ってしまった。旅行から帰ってきて最初に車を運転したときの事だった。私が交差点に直進すべく青信号と同時に発進した時、対向車はよそ見をして右折してきた。当然直進の私の車が優先されるが、相手の車は私の車の右前方に衝突した。その後私は何とか動くことができる車を運転し帰宅しようとゆっくり走っていた。別の交差点を青信号で渡ろうとした時、目の前をある車が右から左へ赤信号を無視して猛スピードで走りぬけた。もし私が故障車ではなくいつものように運転していたら恐らく大事故になっていたであろう。同じ日に二回も交通事故に遭ったり、遭いそうになったりしたので恐怖を感じた。もしかしたら人生を終えていたかもしれないと思うと、あの神前でお願いしたことが本当になったのか、伊勢神宮の神様の力かと恐れ入った。この話は後日友人にも話したが、友人は車の運転をその時からやめた。

私の宗教的生活といえば、八百万の神に、都合の良いお願いごとをわずかの賽銭を寄付して行うことや、孫の成長祈願のために七五三のお参りをする。もうすぐ正月だが、年明けて最初に行うことは近くの神社に行って一年間の無事を祈る。そして身内の者が亡くなったときはお寺に行き、亡くなった人の成仏を祈り、また時々墓参りをして祖先を供養したりもする。これは全く日本人の一般的な宗教的活動ではないだろうか。日本人はよく無神論者といわれるが、実は多くの神様、仏様を信じているのだと思う。

土着の宗教は自然崇拝的な多神教で、仏教が中国から伝来してきたときに神道と呼ばれた。仏教は神道と調和して尊重した。これは「神仏習合」と呼ばれる。空海や最澄も神道を尊重し、自らの信仰に取り入れている。しかし冠婚葬祭以外では、宗教意識は薄れ社会慣習的になっている。神棚や仏壇のある家も少なくなってきている。お寺に行って講話を聴くこともない。檀家以外の一般の人に仏教を広めようという努力は新興宗教以外ではあまり聞かない。神社でも経典がないからキリスト教教会のような日常的な宗教的活動をする場はない。

私の周りにはミッション系の学校に通っている人が多いが、定期的に教会の礼拝堂に行っている。日本のキリスト教徒はわずか人口の1％であり少ない、それは江戸時代の弾圧や鎖国にもよるだろうが神仏習合の考え方が日本人の肌や心に深くしみ込んでいるからではないだろうか。ローマ法王は久しぶりに日本人の枢機卿を指名した。

最近「焼き場に立つ少年」の写真を見た法王は来月の宗教者の会議でこの写真を配るように指示した。この写真は長崎に原爆が落とされた翌日に少年が死んだ幼い弟をおんぶ紐で背中にしょって焼き場の順番を待つ写真だが、少年は唇を血がにじむくらいにかみしめ、弟は首を後ろに垂れたまま兄の背中で死んでいる。悲しい写真を見た法王は「これが戦争の結末だ」と言った。

法王は日本を訪問する予定である。

## 「ボーっと生きてんじゃねーよ！」

課題「杖」２０１９年2月

また母の話ですが、最近95歳をすぎたにもかかわらず饒舌に戻り、以前より元気が出てきたように見えます。一昨年ベッドから落ちて大腿骨骨折、そしてすぐに肺炎で再入院した時は私と弟は観念しました。ところが骨折の治癒も早く、歩けるようになると以前よりスリムになったせいか身体全体がすっきりして、声も相変わらず大きくてこちらのほうがびっくりしています。

母に会いに行くと必ず言われるのが、「歩くなど運動して、頭を使わないと長生きしないよ」というものです。母によると新浦安のケア付きマンションに住んで20年間早朝に起きて散歩しながら道路に落ちてるごみを回収したそうで、このことが母の足腰を強くしたと言っています。だから高齢になっても杖は使わず、手術後の回復も早かったというのです。

施設の食堂は一階にあって四階の自室からエレベーターを使ったことはなく階段を歩いて行ってました。園内での踊りや歌の会には積極的に出て楽しんでました。

朝の散歩を続けていたとき、一人の男性と知り合いになったそうです。先方も毎朝散歩していて挨拶を交わすようになったのですが、この人は浦安市役所の「えらい人」だということでした。彼は母が散歩するだけでなくごみを回収していたことに気がつきました。

そしてある時その人によばれ、高いところに立たされ毎朝ごみを拾っていることが告げられ多くの市役所の人たちから拍手で迎えられたそうです。母からこの話は何回も聞かされましたが、私に対しては教訓じみたお説教になってくるのでした。「お前、長生きしたければ毎日歩いて運動したり、何か人や社会のためになることをしなさいよ」という具合です。

先日ある大手銀行の支店長が訪ねてきたときのことです。私と弟は事務的なことを銀行の担当者と話をしていると、母は支店長に向かって説教していました。「長生きするにはぼーっとしていてはだめで、朝早く起きて散歩して、いろんなことにチャレンジして頭を使わないとだめだよ」と母に言われた支店長は「はいはい、わかりました」とうなずいていました。まるでテレビのチコちゃんに言われているみたいでした。

母と別れの挨拶をして、しっかりとした手で握手をして施設を後にしました。

弟と歩きながら「まだまだ大丈夫だな」「１００歳まで本当に生きるかもしれんな」と話しています。

私は母に言われたこともあって、毎日朝早くはできないけれど暇をみつけて歩くようにしています。心のなかでは〝転ばぬ先の杖〟と思いながら歩いています。

# 待ち合わせ

課題「待ち合わせ」２０１９年3月

昭和31年の春、私は小樽の小学校から札幌の小学校に転校した。クラスに西条マリエという女の子がいた。彼女は顔も服装も可愛らしいタイプのおませな子であった。マリエとはどこか気が合った。向こうも積極的に近づいてきた。体育の時間の時に男女がペアになり遊戯する時があって気が付くと私の隣にいて手をつないで遊戯をした。放課後彼女の家の近くまでよく遊びにいったがかくれんぼするとき彼女は私の手をとり物置に隠れたりした。北海道は梅雨がなく初夏はすがすがしい季節であった。私達はまだ10歳になっていなかったが、マリエの発案で豊平川の上流へ飯盒炊爨に行くことになった。それぞれ友達を一人連れて四人でバスに乗っていった。カレーを作って食べた後に川遊びをすることになった。私はその場でズボンを脱ぎ水着を着ようとしていたら、マリエは少し離れたところから見ていて声を出して笑っていた。彼女たちは岩陰で水着に着かえ、水を掛け合ったりして遊んで楽しかった。

季節は秋になった。マリエから提案があり、二人で映画を見に行こうということになった。これはまさにデートであった。札幌の大通り公園にあるテレビ塔の何階かにニュース映画や短編映画を上映している小さな映画館で入場料は安かった。その前で待ち合わせることになった。当日私はなにかふわふわするような気持でバスに乗って出かけた。約束の場所で待ったがマリエは一時間待ったけど現れなかった。約束をすっぽかされたことで、いままであまり意識していなかった彼女のことが急に意識された。彼女の笑顔、ワイン色のワンピースで白い襟がついた姿が目に浮かんだ。

私はその日、家の木の塀に日付けと「会えなかった」という言葉を彫り付けた記憶がある。よほどショックだったのだろうか、なぜ来なかったのかいろいろ想像をめぐらしていた。

その後学校で会った時、彼女は約束を守れなかったことを詫びたがその理由についてはあまり話さなかった。おそらく母親に話したら出かけるのを止められたのではないかと思った。

それから間もなくして寒い冬が到来し、皆ストーブを焚き始めた。マリエは急に函館の学校に転校することになり、あっという間に目の前からいなくなってしまった。父親は地方紙の記者で転勤になったということだった。その後一度くらい手紙を書いた記憶があるが、彼女の事は次第に記憶から遠のいていった。そしてその年の楽しかった思い出のすべては降り積もる雪の中にうずもれていくようだった。

# ヒースの宿題

課題「宿題」２０１９年４月

１９７６年に貿易研修センターの海外研修で私はロンドンに行った。当時通産省が国際ビジネスマン養成のための施設（貿易研修センター）を作り、大手企業から１００人ほどの人達が派遣された。一年間研修し、最後に1か月の海外研修を行った。ロンドンでの研修は2週間で様々な企業人、学者、労働組合、政治家の講義を受けたのだが、一番印象的だったのは英国第68代首相のエドワード・ヒース氏だった。彼は１９７０年に首相となったが、保党首としてはめずらしい庶民派で、オルガン奏者やオーケストラの指揮者も務めた文化人だった。会って話をしてみると大変気さくな人で、元首相を感じさせなかった。彼が有名なのはミスターヨーロッパと呼ばれ欧州統合に情熱を傾けたことであり、実際彼の任期中１９７３年にＥＣに加盟した。私はその数年後再びロンドンに一年ほどいたが、その時は鉄の女サッチャーが首相で、欧州統合には消極的であった。

彼の講演の内容は40年以上前の話なのではっきり覚えてはいないが、イギリスは欧州の主要国といっしょになって経済的、政治的な統合を図り、域内の人の動きや、物流の自由化により欧州全体として、米ソ二大強国に伍して発展していくような構想を話していた。それに対して私は、英国と欧州他国の立場のちがいや各国の自主的な国家運営の要請もあり、通貨統合や政治的統合には無理がありうまくいかないのではと質問した。

彼は帰るとき、私の手を握り言った。「君が英国に滞在している間に、なぜ欧州統合は難しいのか、そのためには何が必要なのかレポートを提出せよ。」というものだった。

もちろん2週間の英国滞在中には無理であり、非常に難しい宿題でもあったので、日本に帰ってから、この研修のレポートという形で描いてセンターに提出した記憶がある。

今や英国ではＥＵからの離脱が国民投票でみとめられ、ＥＵとの離脱交渉をおこなっているが、難航している。英国民が離脱に賛成したのは①英国の財政的負担が受益より大きいことに対する不満。②ＥＵの移民政策により移民が増加したことにより、英国民の負担が大きくなり、また治安の悪化やテロに対する不安が大きいことが直接的な理由である。

私のこの問題についての意見は40年前と変わらないが、英国は経済的統合まではついていけるが、政治的統合は歴史的、文化的、法制的にも難しい。

　また英国は長期的なトレンドでみると国力は低下してきている。通貨の価値も私がロンドンにいたときは８００円台だったのがいまやポンドは１４０円台になっている。もはや経済的、財政的に他国や移民に援助する余裕はないのではないか。

　そして本来保守性の強い階級社会で反権力の伝統から、他国に政策が決められることをよしとしない背景があり、保守党の中にも離脱派が多い。また国民の不安や不満を解決するだけの強い政治力が期待できない。このまま合意なき離脱に向かう可能性が高いのではないかと思われる。ヒース氏は２００５年89歳で老衰のため亡くなったが、生涯独身であった。

　今でも彼の情熱的講演と気さくな態度、握手した手の力とぬくもりは忘れられない。

# 平成中村座ニューヨーク公演

課題「歌舞伎」2019年5月

ニューヨークで二回目の平成中村座公演があるというので、私達ニューヨーク在住の日本人は心待ちしていた。海外にいると日本の文化や有名人に出会うことが懐かしく楽しい。2004年に続いて、2007年のリンカーンセンターには平成中村座の旗やテント小屋が出ていた。今回の出し物は通称『法界坊』と呼ばれる歌舞伎では珍しい喜劇であった。勘三郎が現代劇の演出家と組んでユニークな試みを行った。

「法界坊」は悪いことをするが憎めない坊主で金と女をめぐり悪さをするものだが、セリフに独り言が多い。今回はそれを英語でやろうということになり勘三郎は数か月間英語の特訓をした。またトランペットを吹きながら出てくる人もいるし、黒人もでてくる。法界坊は観客の中に入り込んで話をしたり、また日本的なギャグやアドリブも多かった。勘三郎の臨機応変なアドリブや演技は素晴らしく、ストーリーも面白くて笑い転げた。

終わってみると、一部の日本人の伝統的な歌舞伎を期待してきた人達には、このストーリーがドタバタして違和感を感じたかもしれない。しかし勘三郎の意図は歌舞伎にもいろいろな形があり、昔の中村座の伝統を受け継いで、芝居小屋で庶民的な分かりやすい歌舞伎をニューヨークの人達にも見せてやりたかったのだと思う。英語のセリフが分からなかったと感じる人もいたが、勘三郎のサービス精神やアメリカの人に喜んでもらおうというこの努力と熱意に私は感動した。これは勘三郎でしかできないことだと思った。

中村勘三郎は現代劇の演出家と組んで古典歌舞伎の新しい解釈や、新作歌舞伎に力を入れた人で、地方公演や海外公演に力をいれた。1624年に初代中村勘三郎が創設した江戸歌舞伎の始まりとなった中村座は1893年に火事で焼け廃座となっていたが、2000年に隅田公園内に仮設小屋を建て、平成中村座として公演を行ったのが十八代勘三郎だった。最初の演目が「法界坊」であったが、この役は勘三郎にぴったりで、勘三郎のはまり役とも思える。彼は2012年に57歳の若さで多くの人に惜しまれて亡くなったが彼の意思は子供達に受け継がれた。彼は先輩から教えられた伝統的な古典も一生懸命勉強した役者でもあった。

海外にいて現地の人から日本の伝統的文化について聞かれることがあるが、自分の知識がいかにも少ないことを痛感することがある。座禅、能、茶道、歌舞伎など素晴らしい日本独特の文化があることに、外にいるから気が付くことがある。歌舞伎もその一つに違いないが、今回のように一座が現地に来て公演してもらうことが外国の人たちに理解してもらう最良のやりかただと思う。公演を見たニューヨークの人達にはさまざまな受け取り方があったに違いないが、多くの人は言葉は分からないが、舞台構成、美しい衣装、三味線音楽、早変わりや黒子の役割など楽しんでいたと思われる。私も歌舞伎については全くの素人ながら勘三郎という偉大な存在にあらためて感心した。

# ポーラとのティータイム

課題「茶摘み」２０１９年６月

　ロンドン北東郊外のウイルスデングリーンという町にある下宿先に到着すると腰が少し曲がり白髪のおばあさんが庭の扉を開けて入っていった。私は後から近づき「こちらはコンバーグさんのお宅ですか？」と聞いた。彼女がポーラ・コンバーグというこの家の持ち主だった。私はこれから世話になる日本人だと自己紹介をした。もちろん彼女はそのことを知っていて皺だらけの顔を崩して迎えてくれた。早速、彼女はお茶とビスケットを出してくれ長い飛行機の旅の疲れを癒してくれた。住んでいるうちに彼女の好みや習慣などがわかってきた。週末は掃除のため部屋を空けること、台所で炊事をすることを嫌うこと、うるさい音を出したりするのを嫌うことがわかってきた。また夜8時ころにはお茶を飲む習慣があって、私が帰っていれば必ず声がかかった。あとで聞いた話だが私の先輩がこの下宿にはいって、朝食が魚を中心としたフルコース、それは卵料理、鰊のソテー、野菜、そして薄くて固い玄米食パン（これは彼女の好きなパンで私は今も食べている）、ミルクティーを毎朝食べさせられることと、さらに8時のティータイムに付き合わされるのが嫌で下宿を変えたことを聞いた。

１９７９年に私はロンドンのシティにある英国の銀行で一年間研修していたが、残業はなかったから夕食は外食、たいていは中華やインドのレストランですませ、8時前には下宿に帰った。そしておばあさんと居間でテレビ、ＢＢＣ放送を見ながらティータイムとなる。ケトルに湯を沸かす。口先が白くなっているのは、イギリスの水が硬水のせいだろうか、そのせいで紅茶がおいしいという説もある。茶葉はインドで摘まれた茶葉であろうが、薄めのダージリンのようだった。陶器のティポットに湯をつぎしばらくしてから、花柄のティカップに紅茶を注ぐのだが、茶わんの四分の一くらいのミルクが先に入れられている。先にミルクをいれるのが英国方式らしい。彼女との話は時事問題、身の上話、芸術の話が中心だった。

当時１９７９年はソ連のアフガニスタン侵攻や北アイルランドのＩＲＡのテロで最後のインド総督だったマウントバッテン卿が暗殺されたニュースがあって、彼女は暴力による殺戮を極端に嫌い、非難していたのが印象的だった。ポーラおばあさんはオーストリアのウィーンで夫とともにレストランを経営していたが、二人ともユダヤ人で第二次大戦時ナチに迫害された。自分と息子の前で夫がナチに射殺されたのを見て、イギリスに亡命してきたのだった。私は彼女が淡々と身の上話をするのをただ聞いていただけだった。

話題が変わり、バレーやクラシック音楽になると彼女の顔が明るくなり、いきいきとしているように見えた。もともとウィーンで夫とオペラやバレーを楽しみながら平和に暮らしていたに違いない。若いころの写真を一度だけ見せてもらった。小柄な美人に見えた。

その後の彼女を襲った不幸な事件と運命は過酷なものだったに違いない。顔に刻まれた深い皺と気丈なそして揺るがない態度がそれを物語っているように思えた。私は9か月あまり滞在し、辛抱強く彼女の話を聞き続けた。そして滞在中に彼女が80歳になったので、ロンドンで一番高級な日本レストランに招待した。彼女はクラシックなイギリスの婦人になり、私は英国ジェントルマンを気取り彼女をエスコートした。

# 高くついた蕎麦

課題「縁側」２０１９年7月

梅雨の晴れ間に菖蒲を見に横須賀菖蒲園に妻と出かけた。この季節は毎年この菖蒲園に出かけるのだが、昼時なので蕎麦でも食べてこようと、あらかじめ調べると葉山によさげな蕎麦屋を見つけた。

菖蒲園は各種の名前がつけられた紫、黄色、白などの花菖蒲が十四万株咲いていた。また紫陽花も通路脇に大輪の花が菖蒲と競うかのごとく咲いており美しい光景で梅雨の憂さ晴らしができた。

紫陽花やがくのあるなし気にもせず　実
花菖蒲江戸の優雅さ主張せり　実

花は美しく、心が安らぐものだが、やはり昼を過ぎると腹が空いてきた。
カーナビに従って蕎麦屋に向かう。葉山に近づくと道が急に細くなり、曲がりくねって坂も多くなった。学校が終わった小学生が歩いており、ブレーキとアクセルを操りながらゆっくりと進むのだが、途中からカーナビも戸惑うような場所であった。

やっとのことで着いたのは普通の民家で、昭和時代の初めに建てられたような家を改造して蕎麦屋にしていた。庭はそれなりに広く、ちょっとした日本庭園であった。店に入ると内部もいかにも昭和のレトロな雰囲気で縁側の近くの席に座った。壺の置物や造作を見て楽しんでいたら、おかみがメニューをもってきたので冷たい蕎麦を二つ頼み一つは大盛にしてもらった。なぜならおかみは「私どもの蕎麦の盛りは男性には少ないと思われます」と正直に言ったからだ。それに野菜天ぷらとノンアルコールビール（キリンが美味しい）を頼んだ。お茶の茶碗、ビールを飲む陶器のグラスなど皆凝った民芸調で目を楽しませてくれたが蕎麦がでてくるまで時間がかかった。ほかに客はきていなかった。

縁側から優しい光が入り、店のなかは静かで隠れ家的な雰囲気であった。

蕎麦は勿論手打ちでそれなりに腰もあり、なんであったかは忘れてしまったが上には何種類かの具が乗っていた。上品な蕎麦椀に、上品な出汁、蕎麦の盛りつけも上品だった。

妻は蕎麦の盛りが上品すぎると言っていたが、店の旦那が持ってきた勘定書きは控えめではなく７０００円を超えていた。これが葉山値段かと思ったが、客が少ないのも理解できた。

　腹ごしらえができ車を来た方向と反対の方にでて10メートルもしたら狭い隘路にさしかかった。それでもゆっくり車をすすめたら右前輪が溝にはまってしまった。草に覆われていてわからなかった。引き返そうとしたらコンクリートの樋に車の右ボディをこすってガリガリと大きな音がした。近所の家から奥さんが出てきて、この先は緊急車両しか通れませんと言った。「早く言ってよ」という気持ちでバックして、蕎麦屋まで戻ったが隣の爺さんも出てきて「またやったか」というような顔をして見ていた。

　ボディの傷は修理に30万円くらいかかると女房が見積もった。私は這々の体でこの忌まわしい蕎麦屋を後にしたのだった。

# 血筋

課題「撮影」2019年8月

綾香の写真を見ると撮影の時に必ず何らかのポーズをとっている。両手を合わせて頬の横に持ってきたり、右手を左肩にのせ左足をまげたり、手でハートをつくったり、首を大きくかしげたりである。リゾートホテルの階段で写真を撮影した時、驚いたのは階段に横になりポーズをとったことだ。綾香は6月に4歳になったばかりの私の孫である。

一年前にディズニーショップでお姫様の服を買ってやったら大いに気にいって着ている。

当時「綾香、大きくなったら何になりたいんだ」と聞いたら「プリンセス」と答えていた。

今が一番かわいい時期なので理由をつけて遊びに来るようにさせているのだが、最近は「グランパ、一緒に踊ってください」ということが多くなった。ちょっとドギマギしたが「いいよ」と言って和室に行き電子ピアノに入っている曲をかけ手を取り合ってダンスの真似事をした。すると「どうもありがとうございました」といってお辞儀もしたから、お姫様になりきっているのかと思った。その後私は彼女と会うために、チーズケーキやアップルパイを作って私の家に呼んだ。彼女は来るたびに「グランパ、後で踊ってね」というのだが、最近は頭と背筋を後ろにそったりしてポーズは本格的になってきた。

私は七月に二泊三日で娘景子と綾香を軽井沢に連れて行った。同じ部屋に泊まったのだがやはりダンスをしてくれと頼まれ一曲踊った。その後ドラえもんのしずかちゃんの曲をかけると一人で踊りだし、体の動きや手足のリズミカルな動かしかたが見事だったので、私と妻が拍手したら「どうもありがとうございます」と深々とお辞儀した。

綾香をよく観察してみると、運動神経はよく、そしてよく通る声をしている。また物事に対する自分の好き嫌いがはっきりしていることに気が付いた。景子の話では綾香は社交的で明るくあまり物おじしない子であることが分かった。他の二人の女の孫たちとは違っていた。最後の夜、先日ハワイで買ってきた親子三代お揃いの服を着て写真を撮ることになった。ホテルのロビーで写真撮影をしたが記念に残る写真となった。三日間の旅行も終わり、綾香は私の頰にキスをして帰っていった。

私は綾香の性格は誰の血筋だろうと考えた。そして私の母のことが頭をよぎった。母は今95歳で、最近も高熱を出して何回めかの入院をしたが、不死鳥のようにまたよみがえった。母は陽気でひょうきんなところがあり周りの人を楽しませることが好きだった。

歌も得意で、三味線音楽やカラオケが得意で舞台にはよく出ていた。踊りも、ハワイアンからかっぽれ、日本舞踊もやっていた。私は綾香を見ていて性格は私の母の血筋ではないかと思ったが、私と気が合うところをみるともしかしたらこれは私の血筋かなと思い始めた。

綾香の成長を見ていくうえで楽しみが一つ増えたような気がした。

# 遅刻魔

課題「遅刻」２０１９年９月

日本人の時間的観念が厳しいというのは、日本人の気質や慣習から来るものだろうか。

電車の発着の時間が時刻表そのままで1分と違わないのは感心する。だから重要な会議とか顧客との面談の約束とかはもとより公的な約束事については遅刻をするのは非常識であり相手に対して失礼だと思う感覚がある。世界的にはアングロサクソンやゲルマン系の国では遅刻は少ない。他方ラテンやロシア、ヒスパニック系ではおおらかというかあまり時間の遅れに対してうるさくはない。

遅刻魔と呼ばれている有名な政治家がいる。ロシアのプーチン大統領の過去の遅刻の実績を見て改めて驚かざるを得ないし非常識だと思わざるを得ない。

２０１９年の日ロ首脳会談で安倍首相は2時間30分待たされた。以下主なものを列記してみると、ドイツメルケル首相に対し4時間の遅刻、ローマ法王フランシスコに対し50分、オバマ大統領の場合は40分、イギリスエリザベス女王は15分などである。

ロシアでは一時間以内の遅刻なら尊敬の念の現れだといわれ、プーチンの遅れ具合は彼が相手に対しどれほど敬意を抱き、会談に期待しているかを測る指標だともいわれている。何回かの面談で安倍首相に対して合計で10時間以上の遅刻をしているプーチンは北方領土を返してまで平和条約を結ぶ必要はないという気持ちの表れではないかと思うが、要求する側の安倍首相は腹にこらえてじっと我慢しているのかと思われる。プーチンはわざと遅刻している節もある。それは交渉を優位に進められるとの考えらしい。最近北朝鮮の金正恩と会ったときはプーチンが先に来た。トルコのエルドアン首相が遅刻した時はプーチンが怒りを表したといわれるが、その時々の国際情勢のなかでロシアの政治的立場や国益と照らし合わせて考えてみると面白いのかもしれない。

プーチンでも一対一の面談の時は遅刻するが国際会議などで遅刻したという話はあまり聞かない。彼は若いころから遅刻魔だと言っているのは元の夫人で、デートのときはいつも一時間半は遅れていたそうである。

私は気が短いほうだから待つのは嫌だし、場合によっては礼儀知らずだと判断してしまう。今は携帯電話があるからもし遅刻しそうになったら事前にその旨連絡するのがエチケットだと思っている。今から半世紀前のことだが、私は初めて北海道の親戚筋からの話でお見合いをしたことがあった。向こうからは私より数歳下の女性と母親で、私が上京してきた。私は一人で面談した。場所は東京タワーの下にあったレストランで、私がアレンジした。その時私は先方が15分くらい遅刻したのを根に持って覚えている。母親が「娘が今朝から風気味で」と言い訳をしていたが私はあまり気がないのかなと思ったが先方の質問には答えた。その後二人でお茶をしたのだが、その時彼女は煙草を吸いだした。私も当時は煙草をやっていたのでそれほど違和感はなかったが、あまり良い印象を受けなかったし、風邪気味ならやめとけばと言ってやろうかと思ったがあくまでも紳士然とふるまった。その後先方は面談を前向きだととらえたのか、間に入った人からは北海道の自宅をリフォームして来道を待っているとの話が聞こえてきたので断るなら早い方が良いと思いその旨伝えた。見合いはその一度だけであったが、後年連れ合いにその話をしたところ「相手の方が遅刻してよかったわね、こんな良い伴侶を得たのだから」と言われて私は開いた口がふさがらなかった。

著者プロフィール
千葉 実（ちば みのる）
東京大学経済学部卒。
大手都銀に勤務。
ロンドン、ニューヨークで勤務。
趣味はエッセイ、ジャズボーカル、料理、マージャン等。

人生は芝居の如し

2024年2月15日　初版第1刷発行

著　者　千葉 実
発行者　瓜谷 綱延
発行所　株式会社文芸社
〒160-0022　東京都新宿区新宿1－10－1
電話　03-5369-3060（代表）
03-5369-2299（販売）

印　刷　株式会社文芸社
製本所　株式会社MOTOMURA


ISBN978-4-286-24935-3